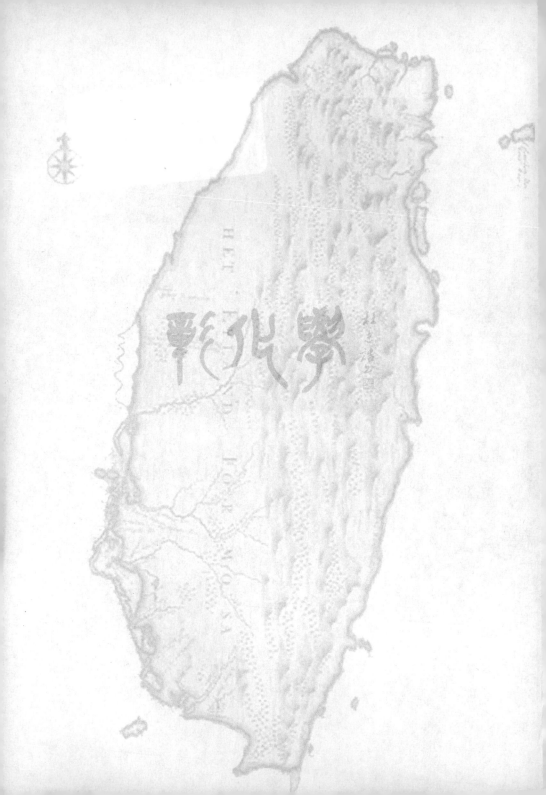

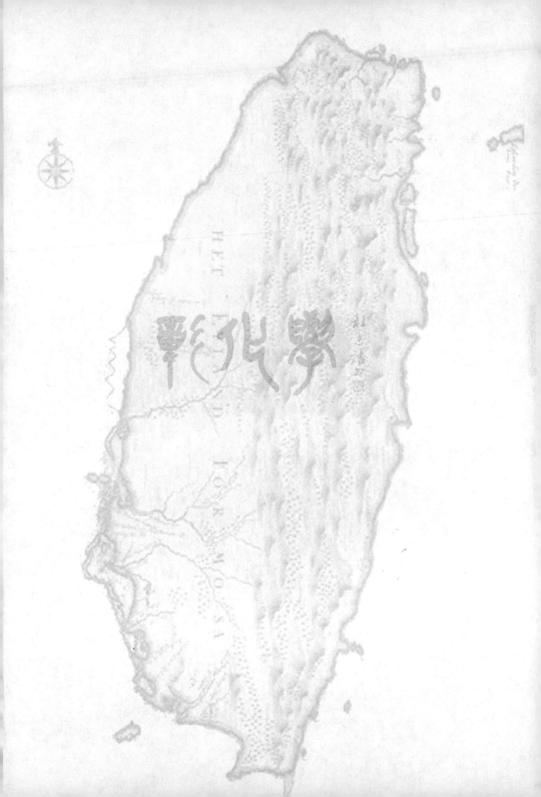

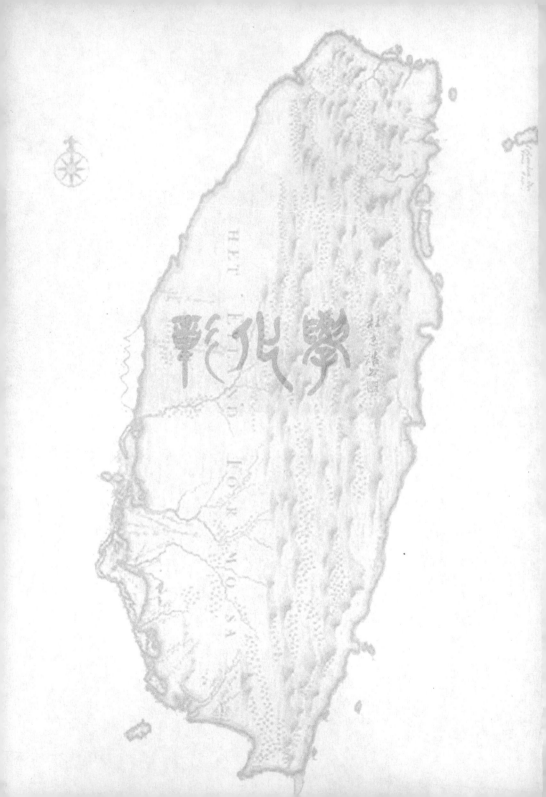

彰化學 019

蕭蕭新詩乾坤

——蕭蕭新詩研究

林明德◎編

晨星出版

【叢書序】

啓動彰化學
——共同完成大夢想

林明德

　　二十多年來，台灣主體意識逐漸抬頭，社區營造也蔚爲趨勢。各縣市鄉鎮紛紛編纂史志，大家來寫村史則方興未艾。而有志之士更是積極投入研究，於是金門學、宜蘭學、澎湖學、苗栗學、台中學、屏東學……，相繼推出，騰傳一時。

　　大致上說來，這些學術現象的形成過程，個人曾直接或間接參與，於其原委當有某種程度的了解，也引起相當深刻的反思。

　　一九九六年，我從服務二十五年的輔大退休，獲聘於彰化師大國文系。教學、研究之餘，仍然繼續台灣民俗藝術的田調工作。一九九九年，個人接受彰化縣文化局的委託，進行爲期一年的飲食文化調查研究，帶領四位研究生進出二十六個鄉鎮市，訪問二百三十多個飲食點，最後繳交《彰化縣飲食文化》（三十五萬字）的成果。

　　當時，我曾說過：往昔，有一府二鹿三艋舺的符碼；今天，飲食文化見證半線風華。這是先民的智慧結晶，也是彰化的珍貴資源之一。

　　彰化一帶，舊稱半線，是來自平埔族「半線社」之名。清雍正元年（1723），正式立縣；四年（1726）創建孔廟，先賢以「設學立教，以彰雅化」期許，並命名爲「彰化

彰化學

縣」。在地理上，彰化位於台灣中部，除東部邊緣少許山巒外，大部分屬於平原，濁水溪流過，土地肥沃，農業發達，有「台灣第一穀倉」之美譽。三百年來，彰化族群多元，人文薈萃，並且累積許多有形、無形的文化資產，其風華之多采多姿，與府城相比，恐怕毫不遜色。

二十五座古蹟群，各式各樣民居，既傳釋先民的營造智慧，也呈現了獨特的綜合藝術；戲曲彰化，多音交響，南管、北管、高甲戲、歌仔戲與布袋戲，傳唱斯土斯民的心聲與夢想；繁複的民間工藝，精緻的傳統家具，在在流露令人欣羨的生活美學；而人傑地靈，文風鼎盛，舊、新文學引領風騷，成果斐然；至於潛藏民間的文學，既生動又多樣，還有待進一步的挖掘與整理。

這些元素是彰化的底蘊，它們共同型塑了「人文彰化」的圖像。

十二年，我親近彰化，探勘寶藏，逐漸發現其人文的豐饒多元。在因緣俱足之下，透過產官學合作的模式，正式推出「啓動彰化學」的構想。

基本上，啓動彰化學，是項多元的整合工程，大概包括五個面相：課程設計結合理論與實際，彰化師大國文系、台文所開設的鄉土教學專題、台灣文化專題、田野調查、民間文學、彰化縣作家講座與文化列車等，是扎根也是開拓文化人口的基礎課程，此其一；為彰化學國際化作出宣示，二○○七彰化文學國際學術研討會聚集國內外學者五十多人，進行八場次二十六篇的論述，為彰化文學研究聚焦，也增加彰化學的國際能見度，此其二；彰化師大文學院立足彰化，於人文扎根、師資培育、在職進修與社會服務扮演相當重要角色，二○○七重點發展計畫以「彰化學」為主，包括：地理系〈中部地區地理環境空間分析〉、美術系〈彰化地區藝

術與人文展演空間〉與國文系〈建置彰化詩學電子資料庫〉三個子題，橫向聯繫、思索交集，以整合彰化人文資源，並獲得校方的大力支持，此其三；文學院接受彰化縣文化局的委託，承辦二〇〇七彰化學研討會，我們將進行人力規劃，結合國內學者專家的經驗與智慧，全方位多領域的探索彰化內涵，再現人文彰化的風貌，爲文化創意產業提供一個思考的空間，此其四；爲了開拓彰化學，我們成立編委會，擬訂宗教、歷史、地理、生物、政治、社會、民俗、民間文學、古典文學、現代文學、傳統建築、傳統表演藝術、傳統手工藝與飲食文化等系列，敦請學者專家撰寫，其終極目標乃在挖掘彰化人文底蘊，累積人文資源，此其五。

彰化師大扎根半線三十六年，近年來，配合政策積極轉型爲綜合大學，努力參與社區總體營造，實踐校園家園化，締造優質的人文空間，經營境教，以發揮潛移默化的效果，並且開出產官學合作的契機，推出專案，互相奧援，善盡知識分子的責任，回饋社會。在白沙山莊，師生以「立卦山福慧雙修大師彰師大，依湖畔學思並重明德化德明。」互相勉勵。

從私立輔大退休，轉進國立彰師大，我的教授生涯經常被視爲逆向操作，於台灣教育界屬於特例；五年後，又將再次退休。個人提出一個大夢想，期望結合眾多因緣，啓動彰化學，以深耕人文彰化。爲了有系統的累積其多元資源，精心設計多種系列，我們力邀學者專家分門別類、循序漸進推出彰化學叢書，預計每年十二冊，五年六十冊。並將這套叢書獻給彰化、台灣與國際社會。

基本上，叢書的出版是產官學合作的最佳典範，也毋寧是台灣學的嶄新里程碑。感謝彰化縣文化局、全興、頂新、帝寶等文教基金會與彰化師大張惠博校長的支持。專業出版

社晨星的合作，在編輯、美編上，爲叢書塑造風格，能新人耳目；彰化人杜忠誥教授，親自題寫「彰化學」三字，名家出手爲叢書增色不少，在此一併感謝。

回想這套叢書的出版，從起心動念，因緣俱足，到逐步推出，其過程眞是不可思議。

「讓我們共同完成一個大夢想吧。」我除了心存感激外，只能如是說。

・林明德（1946～），台灣高雄縣人。國立政治大學中文博士。現任國立彰化師範大學國文學系教授兼副校長。投入民俗藝術研究三十年，致力挖掘族群人文，整合民俗藝術，強調民俗是一切藝術的土壤。著有《台澎金馬地區區聯調查研究》（1994）、《文學典範的反思》（1996）、《彰化縣飲食文化》（2002）、《阮註定是搬戲的命》（2003）、《台中飲食風華》（2006）、《斟酌雅俗》（2009）。

【推薦序】
老中青聚焦蕭蕭　　　　　　　　　　　林明德

　　在台灣現代詩壇，蕭蕭這個人的角色與地位是不容忽視的。從一九七〇年代的「龍族詩社」，到一九八〇年代的《詩人季刊》，以至於一九九〇年代的《台灣詩學季刊》，他每役必與，集合同好，爲詩運注入活力。三十多年來，他新詩、散文、評論並寫，集編、寫、評、教等多重專長於一身，在質與量上都表現一定的水準與成績。

　　相當有趣的是，蕭蕭長期投入編寫評教，似乎都是爲他人、爲詩壇、爲台灣文學，其間，有關專家學者對他的現代詩之研究（或散論或專著），固然所在多有，但眞正結集出版的，並不多見，《蕭蕭新詩乾坤》可說是第一書。

　　蕭蕭（1947～），本名蕭水順，彰化縣社頭鄉人。輔仁大學中文學士、台灣師範大學國文研究所碩士，曾任教於中州工專、達德商工、再興中學、景美女中、北一女中、南山中學；先後兼任中國文化大學、東吳大學、輔仁大學中文系、眞理大學台文系講師，現任明道大學中文系副教授。

　　在大學時期，與陳芳明共同創辦「水晶詩社」，爲輔園播種新詩種子。一九七七年，他三十歲，出版第一本新詩評論集《鏡中鏡》；一九七九年，與張漢良編著台灣第一套《現代詩導讀》；一九八〇年，與楊子澗爲中學生編了第一本《中學白話詩選》；一九八二年，完成台灣第一本寫詩指導《現代詩入門》；一九八七年，以不惑之年推出台灣第一本《現代詩學》；

二○○四年，出版《台灣新詩美學》；二○○七年，以耳順之年寫出台灣第一本區域詩學研究《土地哲學與彰化詩學》。

就新詩創作來說，蕭蕭從一九六三年，初識現代詩，到二○○八年，四十五年的歲月共出版了《舉目》、《悲涼》、《毫末天地》、《緣無緣》、《雲邊書》、《皈依風皈依松》、《凝神》、《後更年期的白色憂傷》與《草葉隨意書》等九本詩集。

迄今，蕭蕭編著了一○五本書，在生命歷程上毋寧繳交了一張亮麗的成績單。他的創作以新詩和散文為主，強調詩是想像的，散文具有對話性。多年來，他苦心孤詣，奔波各地，寫評論、傳播詩學，在新詩創作教學上，論者稱他是「現代詩的長青志工」、是「現代詩的一把梯子」。

從蕭蕭新詩的形式、內容與風格來考察，他四十五年的創作歷程，同步印證了台灣現代詩的成長、發展與演變；晚年返鄉任教明道大學，紓解一份濃郁的鄉情，也貼近鄉土，探討人與土地的關係、人與自然的和諧與對立，以建構區域詩學。

蕭蕭新詩相關的研究，到目前為止，共有學位論文六篇、散論二十餘篇，這次特別從當中篩選出九篇，老中青三代詩人學者共同聚焦於蕭蕭新詩與詩學，一窺其奧祕。

基本上，九篇論述，包括四部分，即：詩集的評介、主題意涵、新詩美學及批評方法與實踐。茲分述於下：

羅門、張默兩位先行代詩人長期觀察蕭蕭，分別為《凝神》、《緣無緣》兩詩集寫序，算是文壇知己，言人之所未言，能引人入勝。羅門稱蕭蕭是扛著「現代」與「後現代」走向二十一世紀的詩人，對詩集進行概略的觀察後，歸納出五點特色，期許詩人在蛻變中突破自我創作的生命，邁進新的境域與未來。張默閱讀《緣無緣》五輯，指出詩人透過人間「情」與「事」的某些現象去梳理生存的本質，濾除過眼雲煙、誇張

的氣勢，在靜與定的觀照中直探生命，以及爲生命深澈的顯影，他肯定詩人創作題材多樣、技巧圓熟，尤其是在垂釣古今的境域裡，能開闢出獨特的蹊徑。

中生代詩人白靈在詩壇一向以別出心裁的詩作與科學性的詩學著稱，他評介蕭蕭的《雲邊書》，以經驗探索、印證詩人的新詩乾坤：「……來到《雲邊書》的蕭蕭，則可說情思奔放、想像力宛如打通了任督兩脈，擺起文字的棋陣時，收放自如，三兩步即見眞章，……。」

新生代的論述，包括：方群、李癸雲、丁旭輝、陳巍仁、林毓均與陳政彥等六人。方群談《凝神》、李癸雲讀《世紀詩選》；前者指出蕭蕭詩作的小詩形式與富有禪趣的特色，不僅是詩人實驗的里程碑，也標誌未來發展的可能性；後者透過十六首例證，探視詩人詩中自我定位與風景之間的問題，能新人耳目。陳巍仁親炙詩人，頗得眞傳，以「小」、「禪」之鑰，進入《皈依風皈依松》的新詩境界，活潑有趣。丁旭輝指出蕭蕭短詩的美學——簡約，並進一步詮釋詩人在篇幅較短的詩中，透過外景、內景的不斷梳理、簡潔、單純化，造成看似簡約卻是豐富深刻的美學手法與風格。林毓均分析蕭蕭詩作的主題意涵，包括三個面向，即：一、生命的關懷與體悟；二、禪與詩的對話；三、詩中的幽默與趣味。在在表現出研究者的文學洞見力。

至於陳政彥的論述，涉及蕭蕭的詩學，他追蹤詩人理論的根源：一是中國古典詩論，一爲新批評；並揭示蕭蕭批評實踐的三個面向：一、詩人詩作論，二、詩學現象論，三、詩賞析教學創作論。爲蕭蕭詩學理出批評體，可見其用心。

蕭蕭爲新詩、台灣詩學、彰化區域詩學奮鬥不懈，四十五年來，著作等身。新詩是他的文學事業，其中所蘊含的乾坤，有待進一步解碼，本書是一個嘗試，也是一個開始。

【目錄】contents

論蕭蕭短詩的簡約美學

丁旭輝

一、前言

　　從一九六三年初識現代詩，[1] 到二〇〇五年爲止，[2] 四十二年間蕭蕭共出版了《舉目》、《悲涼》、《毫末天地》、《緣無緣》、《雲邊書》、《皈依風皈依松》、《凝神》等七本單行本詩集，[3] 平均六年得一集詩，以數量而言可以說略少了些，但如果加上大量的詩評、詩刊、詩選之編輯寫作、詩社之參與，以及現代詩之教學、推廣、研究，則蕭蕭對現代詩的付出之勤、用力之深，在台灣詩壇上實在少有匹敵。然而也因爲蕭蕭之詩作數量相較於他的其他詩壇服務（活動、教學、評論、編輯、推廣、研究）有點不成比例，何況他還是一位著作相當豐富的優秀散文家，也因此論者每多感嘆蕭蕭的詩人光芒爲其詩評家、散文家之光芒所掩，致使其詩作沒有得到應有的重視與地位。[4] 本文之作，或可略解此憾。

1　蕭蕭自稱1963年6月18日在舊書攤購得洛夫《靈河》詩集，初識現代詩，並於同年11月第一次習作、發表現代詩，見蕭蕭，〈蕭蕭寫作年表〉，載於《悲涼》（台北：爾雅，1982，頁169-170）。

2　本文寫於2005年1月到4月。

3　《舉目》（彰化：大昇，1966）。此一詩集已絕版，不過集中所有詩作後來完整地收入下一本詩集《悲涼》中，所以文中引用時直接以《悲涼》爲據。《悲涼》，同註1；《毫末天地》（台北：漢光文化，1989）；《緣無緣》（台北：爾雅，1996年）；《雲邊書》（台北：九歌，1998年）；《皈依風皈依松》（台北：文史哲，2000，頁2）；《凝神》（台北：文史哲，2000，頁4）。另有《蕭蕭世紀詩選》（台北：爾雅，2000年）爲7本詩集之選集，並未收入新作，故略而不計。凡文中引詩，一律於詩題後註明所載之詩集、頁數，爲求簡省，詩集一律只冠以書名第一個字，如（《悲》，頁35）。

4　例如張默所說的：「由於他經年累月殷殷爲詩人造像，爲詩作演義，爲詩壇植林，爲讀者點燈，從而他的詩評的聲音遠遠超過他的詩。」見張默，〈垂今釣古話蕭蕭：序《緣無緣》詩集及其他〉，載於《緣無緣》（同註3），頁21。又如白靈所說的：「在早先的文學生涯中，由於他對散文創作和文學評論的專注

詩本來就有其先天的朦朧性、模糊性，對詩的要求也多半必須具有某種程度的含蓄，總必須在「說」之中保留某種程度的「不說」。但問題是：未必所有詩作都能成功的保留住這一點含蓄，而在保留住這一點含蓄的詩作中，詩人用以保留詩之含蓄的手法以及含蓄的程度也各自不同。蕭蕭詩作的語言大抵明朗清澈，而詩語言一旦明朗清澈，很難不走向淺白顯露、了無餘韻之路，何況蕭蕭詩作又大多短小，在短詩中，[5] 更無多餘語言可以用來補敘鋪陳，以救詩意。但深入蕭蕭短詩，卻往往發現他的詩中乾坤深廣，短短詩作，往往如仙人的茶壺，外表袖珍，似不足觀，但縱身躍入，卻發現天地廣袤、歲月悠長、情志綿邈。以現代詩的自由書寫、無所限制而言，外形短小、語言清朗自是詩人主動的選擇，要在短小清朗之中，表現豐富飽滿的詩意，當然必須有相當成功的詩學技巧；而從形式、語言、技巧到內涵，其所形成的整體美感效應，便是一個詩人詩作的美學風格了。在蕭蕭詩中，讓這些形式短小、語言清朗的詩作蘊育出豐富飽滿詩意與美感的手法，當然不是單一的，我們也可以在他的詩中找到一般詩人常用的諸多方法，但其中最能表現蕭蕭短詩獨特的美學風格與手法的當推「簡約」的方法，而其所形成的風格特色，便是一種「簡約」的美學。

所謂的「簡約」，指的是蕭蕭經常在篇幅較短的詩中，透過外景（外在視覺形式）、內景（意象）的不斷梳理、不斷簡潔化、單純化，造成一種表面上簡約依稀，寧靜疏淡，但實際上卻義蘊飽滿，因簡約而更見豐富深刻的美學手法與風格。

與投入，使得他的『文名』掩蓋了『詩名』。」見白靈，〈詩的第五元素〉，載於蕭蕭，《雲邊書》（同註3），頁10。

5　本文所稱的「短詩」，是一個一般性、相對性的詞彙，單純指稱篇幅較短小的詩，並非詩體上的「小詩」，所以不涉及幾行以內方可稱作「短詩」或「小詩」的詩學討論；不過本文對於所討論的「短詩」之篇幅仍限定為1-10行，一則劃定「短」的範圍，以便討論，一則蕭蕭詩作的簡約美學大抵即表現在十行以內的詩作。

這正如白靈所說的,在小詩中「蕭蕭『說』的極少,『不說』的卻很多」,他認為「『少即是多』是詩美學中最難得的特徵」,而蕭蕭成功的做到了。[6] 本文之作,便在於嘗試剖析蕭蕭此一「說的極少,不說的卻很多」的「簡約」手法與風格。而所謂的「簡約」,與「含蓄」雖然語意有重疊之處,但「含蓄」一詞,自古典詩學到現代詩學,指涉較為寬泛廣遠,無法精確概括蕭蕭短詩所呈現的美感效應,所以本文使用「簡約」一詞,一方面指涉較為精確,一方面更可見出蕭蕭的自覺意識與現代詩的方法意識。以下,本文將提出「從外景的簡約到內景的簡約」、「聚焦與彰顯」、「消解與涵融」等三個蕭蕭建構短詩簡約美學的手法,並具體分析其所呈顯的美學風貌。至於古典詩學的簡潔語句、詩學典型,老子的有、無辨證與莊子天馬行空的思維方式、生命美學,禪宗「機鋒」式的直覺思維,以及中國古典美學思想中的「空白」、「虛實」等觀念,對蕭蕭詩作的簡約美學之形成當然是有相當影響的,不過這種影響不至於是全面性的、確切無疑的、或專屬蕭蕭一人之獨特性的,而且也不是本文論述的重心,所以本文將不設專節探討,而是將之化入行文之中,只在必要時單獨論述。

二、從外景的簡約到內景的簡約

　　蕭蕭建構短詩簡約美學的基本方法首先是從外景(外在視覺形式)到內景(意象)的簡約化處理。這是簡約美學的基礎,其他兩種手法正建立在這樣的根本條件上。

　　就詩的外在形式所形成的視覺景觀而言,在蕭蕭的七本詩集五百四十九首詩中,[7] 短詩的比例相當的高,我們只要將各

6　白靈:〈詩的第五元素〉,載於蕭蕭,《雲邊書》,頁12、15。

7　各本詩集的詩作數目見下文表列。組詩內的詩獨立性強,所以拆開分別計算,不同像〈美堅利堡〉(《緣》,頁14-17)、〈鐵蒺藜日記〉(《緣》,頁18-22)、〈所謂世界不過是泥與土〉(《雲》,頁57-63)、〈岩與水的傳奇——

本詩集不同行數篇幅的數量製表統計，馬上可以清楚的看出：

詩集名稱	各集總首數	1-5行	6-10行	11-15行	16行以上
悲涼（含《舉目》）	109	24	54	24	7
毫末天地	91	28	63	0	0
緣無緣	98	14	54	7	23
雲邊書	81	14	45	6	16
皈依風皈依風	100	54	16	14	16
凝神	70	17	43	4	6
數量合計	549	151	275	55	68
所佔比例	100%	27.5%	50.1%	10%	12.4%

　　在七本詩集中，一至五行的詩作佔了全部詩作的27.5%，六至十行的佔了50.1%，如果我們截取十行以下的詩作做爲短詩的觀察對象，則77.6%的短詩比例之高，在現代詩壇中，恐怕難得第二。蕭蕭自己曾說：「是詩，而後還要求是小詩，這是東方文化的自然期求與特徵，日本、印度、古中國，無不如是。我的詩就是這種小詩。」[8] 所以這樣的客觀數據與他的一貫詩觀是完全符合的，而中國古典詩的語句，尤其是律、絕的簡潔要求，對於出身中文系，對古典詩學情有獨鍾與心得的蕭蕭[9] 所可能造成的影響，也便可以相當肯定了。

　　篇幅短小的詩作鋪排在紙面上時，其所佔的空間較小，所留在紙面的空白空間也相對的較大，對視覺的直覺反應而言，蕭蕭詩作無疑是相當「簡約」的；尤其是蕭蕭詩作除了篇幅的短小外，詩行長度又多短小，而詩行長度一旦短小，紙面

太魯閣國家公園所見所思〉（《雲》，頁157-165）等詩，雖看似組詩，但由於詩中組成單位獨立性不強，所以仍視爲一首。
8　蕭蕭：〈詩、小詩、小說詩〉，載於蕭蕭《雲邊書》，頁208。
9　蕭蕭出身輔仁大學中文系，後考入師範大學國文研究所，1972年6月，以《司空圖詩品研究》爲題，獲得台灣師範大學國文研究所的碩士學位。1979年出版《青紅皀白——中國古典詩歌中的色彩》（台北：故鄉），1993年出版《從鍾嶸詩品到司空圖詩品》（台北：文史哲，1993）。

上的空白空間便愈形增加，於是外景的簡約效果便更加顯著。例如〈孤鶩〉（《悲》，頁5），全詩只有九行，前七行以一字成行的方法，留下大面積的空白，暗示孤鶩飛行在廣闊無邊的天地之間的渺小身影，藉此影射茫茫人海中孤單的、卑微的「我」；似此一字一行的詩作，在蕭蕭的短詩中相當的多見。除此之外，蕭蕭還有更極端的例子，如〈世紀末台北人〉（《毫》，頁66），全詩佔了一個紙頁空間，然而整個詩頁上卻只有一個小小的「ㄇㄤˊ」的注音，其餘全是空白，同時暗示了世紀末台北人的忙碌、盲目與茫然，在視覺的極端簡約中，正隱藏了詩意的豐富與深刻。又如〈亙古以來不容再有的一聲淒厲畫過台灣上空〉（《毫》，頁90），全詩也只有小小的「二二八」三個字，在一整個紙頁空間上，「二二八」三個小字被一大片空白包覆，正如二二八事件長期以來被無邊的空白所掩蓋起來一樣，「簡約」效果不言可喻！類似的例子還有〈空與有三款〉的〈第二款〉（《凝》，頁104-105）兩首，全詩也都各只有一個「空」與「有」字而已。

　　但也未必小詩短行便一定有簡約的效應，例如〈忘情三十六行〉中的〈造訪三行〉：「花與樹與岩後的小山崙／都回來了，回來探視／長滿雜草圍上竹籬的左心房右心室」（《悲》，頁125），相對於八行的〈秋天的心情〉第七首：「不待邀請，很輕易的跨進了／白堊紀的洪荒／一些莫名的鼓盪／一些，不能理解的昇騰／／昇騰昇騰，莫名的煙嵐／不能理解的泡沫／白堊紀的洪荒／不待邀請，我們在其中倏忽淪沒」（《悲》，頁113），短短三行，意象反而更為豐繁，絕不簡約；所以，論蕭蕭短詩的簡約美學，除了小詩、短行、畫面空白等外景的簡約，還必須加上因為意象化約至極簡所形成的內景的簡約，兩者重疊，方能盡顯簡約之美。

　　就詩語言中的意象濃度及其所形成的內在景觀而言，以蕭

蕭一貫的明朗清澈的語言風格，再加上短詩語字的簡省，已足以保證意象濃度必然是較低的，更何況蕭蕭刻意的在意象的簡約上下功夫，所以更使得他的短詩意象極簡，就像張默所指出的：

> 回顧六〇年代台灣的現代詩，當時詩人無不以追求「意象繁富」為尚，大家競相堆砌紛雜的字句，這種現象與蕭蕭所崇尚的詩的純淨之美、素樸之美、空靈之美，大相違離，因此作者苦思如何去對抗這種繽紛的花雨，還給詩一張素雅的臉？於是七〇年代《龍族》創刊初期，他寫了不少一字一行的詩，就只希望一首詩提供一個自身具足的意象。簡鍊，獨立，有如一柱擎天而八面威風，一字透悟而古今貫通，一色入水而滿地華彩，如此聚焦於一點，演繹為萬象，也同時解決讀者徬徨於現代詩眾多眩惑之門而無法叩應的窘境，讀者可以憑此純淨的意象按圖以索驥，從而很快進入詩眼中心而意馳八荒。[10]

　　張默所說雖然特別指向蕭蕭七〇年代一字一行的詩，不過實際上是可以包含其他詩作的，而事實上，這種純淨、空靈、素雅的風格，也一直是蕭蕭所有不同時期、不同詩集詩作的基本風格，特別是在短詩裡更是明顯。分析這種美學風格的形成，其來源正是蕭蕭對詩中意象的簡約化的美學手法。他總是把長長的人生、連續的心情，提煉為隱隱約約的簡潔意象。這樣的例子在蕭蕭的短詩中不勝枚舉，例如〈忘言〉（《毫》，頁10）：

10　張默：〈垂今釣古話蕭蕭：序《緣無緣》詩集及其他〉，載於（《緣無緣》，頁3-4）。原文「堆砌」誤為「推砌」。

雨，落著
我靠在你的懷裡睡著

雨，下著
你坐在我的夢裡
醒著

構圖單純，意象極簡，而深情纏綿。又如〈時光一滴〉（《緣》，頁37）：

月未升，日已落的時刻
你從哪一記
嘆息裡追蹤我？

日未升而月已落

靜絕而神秘，形體隱匿於夜色蒼茫中，時光在無聲無息中消隱，全詩意象簡約，而詩意動人。又如《緣無緣》中整個第四輯為以〈河邊那顆樹〉為題的組詩（頁83-119），共三十五首，都是以兩個意象之間的對話方式寫成，詩意隱匿於看似明朗的語意之間，如第七首：

河邊那顆樹
對太陽說：
昨天下去的那個太陽
是你的誰？
今天上來的你
又是誰的太陽？

誰,是你的太陽?

　　若有心似無意的對話,隱約透露對存在的思索、對生命時空之隱微神秘的迷惑,在簡約的手法中,展現飽滿的詩意。

　　除此之外,〈不捨〉(《雲》,頁50-51)也是個意象簡約的佳例:

　　沒有任何一次笑聲
　　留得下來

　　風吹送著雲,雲在天外
　　絕裙飄送著曾經,曾經是愛
　　我緊緊抱住風緊緊抱住

　　雲在天外

　　蕭蕭曾在許多詩作中不斷反覆詮釋一種生命從無來,也將回到無,我們空手來,也將空手回的道家的生命美學,如〈歸彼大荒〉(《毫》,頁76)、〈水戲之二〉(《雲》,頁123-124)等,這首詩中也透露出這樣的思想。正因如此,所以,沒有什麼是留得下來的,包括笑聲,包括愛情,我們所有的不捨,只是跟「緊緊抱住風」一樣,是個蒼涼而無奈的手勢!雲在天外,天地開闊而不仁,徒留人間多少不捨與悲涼!蕭蕭一方面能透悟人間悲苦之由,一方面卻無法超脫紅塵情緣,糾纏在出世的智慧與入世的悲憫之間,看似矛盾,而詩就在其中。就美學手法而言,這首詩維持蕭蕭一貫的風格,在開闊得跡近空白的背景中,只剩天外遠方的雲與抱住虛空的詩中人兩個意象,從外景到內景,都簡約到極點。

　　意象的簡約化使得蕭蕭的短詩構圖簡潔、詩意隱匿而豐盈，他曾說：「我的詩觀是空白。空白處，正是詩之所在。我給你有——有限的文字，藉著我有限的文字你發現了無——無限的空無限的白——你發現了詩。」[11] 所謂的「空」、「白」，便是作者說得極少、意象極簡後，所留給讀者的巨大的、豐盈的想像空間，這便是蕭蕭短詩以簡約詩語追求飽滿詩意的美學手法。基於蕭蕭的古典背景，我們可以合理推論這樣的美學思想與中國古典美學思想中對於「空白」所造成的「以虛帶實，以實帶虛，虛中有實，實中有虛，虛實結合」的美學效應，[12] 有其深刻的契合關係。

　　從詩的篇幅大小、詩行長短、空白空間等排列形式所呈現的外在景觀，到詩的意象所構築的內在景觀，蕭蕭透過簡約的處理手法，營造出其詩作簡約美學的初步面貌。

三、聚焦與彰顯

　　在詩的外景與內景的簡約化之基礎上，蕭蕭營造短詩之簡約美學的第二個手法便是透過不斷簡約、不斷錘鍊的手法，芟除蕪蔓、剪裁冗贅，讓語言更清朗流暢、通透無塵，而意象更簡潔單一、含蓄深致，然後將詩意聚焦於這簡約至極的意象上，並由此意象靜寂無聲的彰顯、散射出豐富的詩意與美感。例如〈白楊〉（《悲》，頁36）：

　　惹人發慌的
　　就是那些，那些迎風的白楊
　　一排

11　蕭蕭：〈蕭蕭詩觀〉，《蕭蕭世紀詩選》（台北：爾雅，2000，頁6）。
12　見宗白華：〈中國美學史中重要問題的初步探索〉，《美從何處尋》（台北：駱駝，1987，頁10）。

比一排

悠

閒

　　整個靜寂而空曠的世界，簡約化後，只剩下畫面上一排排的、悠閒無事的白楊，然而詩人正以如此簡約、單一的白楊意象，凝聚了整首詩的視覺焦點，彰顯了死亡的可怖與無可避免、逃避不得；而相對於白楊（死亡）的悠閒優雅，人類所有怕死的努力都是可笑、徒勞而傖俗的。看似簡約的世界裡有豐繁的詩思。又如〈冬日沙崙海灘〉（《毫》，頁9）：

地平線上
一顆落日，緩緩緩緩地
什麼也沒說

什麼也沒說
你與我靜靜，望著

　　由「緩緩緩緩地」，我們看到時間流動的痕跡；由落日在地平線上，我們看到空間遼闊的背景。然而，「什麼也沒說」，天地之大，簡約後只剩一顆夕陽，碩大而無聲地渲染出浪漫的詩情與凝眸的深情。什麼也沒說，其實說得更多。
　　比上面兩個例子更簡約的是〈四十七歲〉（《緣》，頁51）：

隨著蘆葦追太陽
向西直直奔馳過去

　　我，一聲呵欠

　　第一段兩行頗有夸父追日的架勢與勇氣，以人到中年閱歷的圓熟與處世的經驗、智慧的累積，本來可以預期第二段以後詩人將會有精采的論證與體悟，想不到在分段的空白、停頓後卻急轉直下，只有短短一行就匆匆、草草的結束，而且這一行的內容還是「一聲呵欠」，說也不說就直接擲筆不寫，留下一臉錯愕的讀者！此詩精采之處就在這以不說為說、以簡約為彰顯的「一聲呵欠」上：這一聲呵欠可能是累了、不追了；可能是領悟了人生沒有什麼好追的；更可能是邊追邊打呵欠，打完呵欠後仍得提起精神、繼續追逐奔馳的不得已或身不由己！四十七歲的詩中人追著太陽跑，逆光中，那打呵欠的身影被太陽拉長放大，投影在一地蘆葦叢中，成為詩中唯一的焦點，整首詩彷彿像一幕電影的特寫鏡頭，帶點嘲諷與悲憫，把一個中年男子肩上所有有形、無形的負擔，以及心中所有複雜、說不清的感受，隱然流洩出來。這首詩體現了蕭蕭早年曾提倡過的「詩的小說企圖」，[13]也印證了他在下一本詩集後記中所說的「反高潮」的設計。[14]

　　與〈四十七歲〉一樣，〈酒後〉（《緣》，頁54）也是一個簡約無比的佳例：

　　敲門的是寂寞

　　三更酒醒

13　見蕭蕭：〈擴大詩的小說企圖〉，《現代詩縱橫觀》（台北：文史哲，1991，頁25-29）。
14　見蕭蕭：〈詩、小詩、小說詩〉，《雲邊書》（台北：九歌，1998，頁208）。

與窗共看雲群湧動

推門：秋月的手

三段文字看似各自獨立，然而「寂寞」的詩意一以貫之，並且隨著詩意的推展，不斷豐富其內涵：第一段因寂寞而飲酒；第二段酒醒，寂寞仍然如影隨形，就像李白〈月下獨酌〉一樣，雖然有「窗」相伴，有湧動的雲群可看，但仍是一人獨處；到了第三段，「推門」二字使得第一段的「敲門」有了呼應，兩個動作形成一個連續的畫面，於是「寂寞」負責敲門後，「秋月的手」便負責推門而入，當詩中人發現時，屋內屋外，已是一地銀光。詩只有四行，語言簡易，然而當第四行銀光滿地的意象出現時，立刻便凝聚了全詩的焦點，而這微涼的月光，也立刻使得前三行的「敲門」、「酒醒」、「共看」、「湧動」等動態感消失，整首詩便籠罩在月光的徹底寧靜中，而夜半酒醒的寂寞因此而更加徹底、更加彰顯，也更加豐富美麗了。

蕭蕭的名作〈緣無緣〉（《緣》，頁68-69）是另一個簡約美學的佳例：

一隻螞蟻一直
輕輕叩著糖罐：

喂，喂
不讓我進去
你是醒不了的夢啊！

喂，喂

不讓我進去
你是醒不了的夢啊！

那樣的回聲一直
輕輕叩著糖罐

糖罐是人生所欲、夢寐所求的象徵；螞蟻是渺小如你我的人生；而夢，是我們共同的狀態與處境。一開始，螞蟻便說破糖罐是一個夢，然而牠說不破、看不清的是自己居然就正在追逐一個夢！螞蟻希望糖罐醒來，讓牠進去，然而糖罐（夢）如果醒來，便也消失了，這樣的矛盾突顯了人生共同的困境，而更大的困境是：糖罐只是螞蟻自己的夢境與幻影，當螞蟻窮其一生，認真的不斷輕叩自己的夢境時，其實自己便也進入夢境，成為夢境的一部分了，所以，醒不來的其實是螞蟻自己，而那一聲聲若有所失、所欲不得的糖罐的回聲，便是人生的最大缺憾與失落，也是螞蟻為自己設下的自我嘲諷，在這個自我嘲諷中，我們看到了詩人對人生的反思與悲憫！這首詩的詩題簡約、朦朧而多義，與詩作內容相得益彰，或可解為「看似緣份，其實無緣」，暗指糖罐對螞蟻而言近在眼前卻不得其門而入；也或可將第一個「緣」字當成動詞，則「緣無緣」便是「因為無緣而得緣」之意，暗指正因無緣得之，急於追尋，方才有緣；也或可解為「將無緣當成有緣」，暗指螞蟻認為近在眼前而急於追求的東西，其實對牠而言是終生無緣的東西，只是牠自己並不知道這個真相。不管如何詮解，〈緣無緣〉在道出了人生的失落、遺憾之際，也隱約指向人生的荒謬與愚昧。整首詩簡潔化約，聚焦於螞蟻輕叩糖罐的動作，而彰顯了人生的求索與困境。意象極簡，而意境極深。

觀察蕭蕭短詩簡約美學的另一個角度可從他的慣用意象

入手。多數詩人在長年的詩學踐履中，都會出現慣用意象，這些意象往往隱藏了詩人特殊的情感投射、時空感悟與美感體驗，在有意無意間，往往成了生命情境的潛在出口，也同時是該首詩的意象焦點。對蕭蕭而言，「石頭」的意象便是如此。從《舉目》到《緣無緣》，在前四本詩集中，「石頭」意象出現的次數相當的多，甚至都以組詩的方式大量、密集的出現，而且都成爲詩中的聚焦意象，彰顯了早期蕭蕭對文化中國、文學中國的母體情懷。例如在〈石頭也有話要說〉兩首的第一首（《悲》，頁154-155）中，「石頭」是中國三千年歷史文化的見證者與承載者，石頭也有話要說，但終究留在嘴邊沒說，因爲三千年的羞辱、病岊實在無從說起，只得默默承受；石頭成爲巨大文明歷史的象徵。又如〈巨石與青苔〉組詩五首（《悲》，頁160-163），「石頭」意象仍傳承了這樣的巨大意涵，不過已稍微可見超脫的意味，例如第一首：

> 我只是隨意蹲著
> 一蹲三千年
> 任風任雨
> 任砂土剝蝕添增
> 所增所損也不過是幾絲幾縷
> 青苔的茂綠

仍然延續大我的象徵，默默承受所有的苦與痛，但詩人內心顯然開闊沉潛多了，一蹲三千年的巨石任青苔隨意覆蓋，順便遮掩滄海桑田後的一點情傷（第二首），孤傲的本質不輕易掉淚，雖然咳中仍帶血（第三首），但已能隨意臥看青苔的增損茂綠了（第五首）。

「石頭」意象到了〈石頭也有淚要流〉兩首（《緣》，

頁10-13）已漸漸加入小我、個人的意涵，到了〈溪中石〉（《緣》，頁39）：「水與水激起了白色浪花／風和雲交待著昨日歷史／釣魚老翁吐出白色煙圈／／而我，在跟莊子交談」，個人小我的成分加多了，這顆與莊子交談的石頭即是「我」，「我」即是溪中不動之石，「石頭」的意象悄悄彰顯了詩人趨近道家風貌的生命美學內涵。到了〈洪荒峽〉四首（《緣》，頁40-43）的第一首：「今年的洪荒峽／飛著／去年的／白鷺鷥／／那些巨大的石頭都還在／只是，他們／什麼也沒說」，石頭在外表上雖仍靜定不動，但已具備見證人間變化的內涵，他以靜悄無聲隱匿自己，默默呈顯宇宙生命的流動。等到第四首出現：

僅僅是
一隻
無顏彩的蜻蜓飛了
過去

整個溪谷裡的石頭
都振了振
翅膀

　　洪荒之峽谷、無彩之蜻蜓、裸露之溪石，在生命最素樸沉寂的氛圍中，「翅膀」的意象一出現，便聚焦了整首詩的視覺、釋放了詩中隱藏的生命力量。由真實意義的蜻蜓翅膀，到虛構意義的石頭翅膀，在見證人間變化的內涵中，「石頭」意象又加入了感悟生命的元素，在如虛似實中，幻化為生命的見證與象徵，彰顯了詩中隱匿的生命能量。相對於之前三千年的大我見證，「石頭」的意象因為加入了個人的感悟，反而在小

我化的過程中，因爲具備了所有小我共通的生命本質而成爲更深刻的、普遍意義的大我象徵。

在這種對慣用意象的追蹤中，我們還可以從「松」的意象在他前後詩集中的不同書寫方式，發現蕭蕭短詩簡約美學的成熟過程。例如〈松影〉（《悲》，頁44）：

「冰寒是我唯一可披的外衣／極目岡陵，隱隱約約／拂不去的松影／／啊！拂不去松影」。在這首早期作品中，松影之形揮之不去，何況還有冰寒的外衣，生命悲涼而黏滯，但是到了〈風入松〉（《雲》，頁33）：

風來四兩多
松葉隨風款擺、吟誦
風去三四秒
五六秒
松，還在詩韻中
動

風來，松動於無形之風；風去，松仍動，動於無形之詩韻。至此，形體已非生命之枷鎖鐐銬，而是與無形的風之韻、松之韻、詩之韻互動的美學載體了。至於「四兩多」、「三四秒、五六秒」，就像白靈所說的：「『四兩多』使得風的無形存在轉換爲觸覺的可捉摸感，同時也表現了它的輕盈和輕巧；『三四秒』讓無限的風的身姿成爲有限範圍的可觀察的角色，『五六秒』則加強確認它的有限、以及對松運作其魅惑力的時間（風都走了，松還感動不已）。」[15] 所以四兩多、三四秒、五六秒的存在，正是「無形」存在的證明與體悟，也是美感

---

15 白靈：〈詩的第五元素〉，載於蕭蕭《雲邊書》，頁14。

的具體彰顯。在簡約手法的處理下，整首詩聚焦於「松」的意象，而後從形體中見其神韻，有情之感隱匿於無情之物中，而後物我合一，皆得其情。從〈松影〉到〈風入松〉，見證了蕭蕭簡約美學的發展過程。

蕭蕭短詩的簡約美學之發展到了第六本詩集《皈依風皈依松》有點暫時的阻滯，因為詩集的第一輯〈皈依風皈依松〉收入六十八首詩，都是蕭蕭為他的水墨畫家朋友徐凡晰、陶藝家朋友林昭慶的作品展覽所寫的詩；第二輯〈皈依紅塵〉收入十二首詩，或是情歌試寫，或是校歌、輓歌之作，或是為地圖塑形、為畢業、為節慶典禮、為九二一大地震、為雜誌專刊而寫；第三輯〈皈依台灣〉收入十九首詩，是蕭蕭應公共電視台生態節目「我們的島」之邀一集一詩所寫下的。雖然蕭蕭曾說「我不喜歡先有既定的意識，而後再去牢籠詩意」，[16]但這本詩集所收的詩相對於一般的創作應是特例，因為畢竟不免為這些具體「任務」的性質與既有的畫面、形象、事件所牽制，所以即使篇幅多數仍然短小、詩趣仍然橫生，但多數詩作說明性卻大增，簡約性也因而大減，不過佳作仍然偶可一見，如〈水月〉（《皈》，頁90）：「我潛入你的鏡中／探取那朵不一定存在的花／／你從水裡撈走／我琢磨不知多少世的明月／卻只用泛起一圈的酒窩」，「鏡」、「花」、「水」、「月」皆為實有之物象，但在詩裡卻都是虛無之心象，全詩唯一的實體意象只有「酒窩」，但這一個小小酒窩，卻一舉虜獲對愛情的幾世琢磨。

第七本詩集《凝神》與《皈依風皈依松》出版時間前後只相差兩個月，是同一時期的作品，所以如果剔除較特殊的《皈依風皈依松》，則《雲邊書》之後，蕭蕭短詩的簡約美學並未

---

16 蕭蕭：〈詩、小詩、小說詩〉，《雲邊書》，頁207。

斷絕。例如《凝神》中頁56的〈山壁二景‧山壁（A）〉：

山壁上直直垂下藤蔓
一探城府深淺

隨風晃了晃
不知數字，只好悠閒

　　在禪宗思想影響下，[17] 蕭蕭的詩作一直有較強烈的「悟」的色彩，不著痕跡的讓讀者在簡約的詩語與意象中自我了悟。在這首詩中，進入後中年的詩人，放下中年〈四十七歲〉（《緣》，頁51）時的執著與疲倦，放下他百般試探也無法懂得的人心深淺（數字），以從容自在的心情、無事悠閒的心境，看待自己（藤蔓）與世界（山壁）的關係。正因懂得「放下」，所以當山壁上的藤蔓探不到城府深淺（山壁的深度）時，便隨風晃晃，樂得悠閒；而這「隨風晃了晃」的悠哉動作，也就凝聚了全詩的焦點，看似簡約不已，然而充滿言外之意。所以同題二寫（〈山壁二景‧山壁（B）〉（《凝神》，頁57））時，那隻在「橫亙數十公里的山壁」上努力攀爬的小螞蟻，便成為一個被觀察與悲憫的對象，而就像〈緣無緣〉（《緣》，頁68-69）中的那隻螞蟻一樣，牠其實正是我們每一個人的生命寫照。

　　相對於前面5本詩集，《凝神》中可以用來做為說明本節「聚焦與彰顯」的意涵的例子相對較少，因為蕭蕭短詩的簡約

17　蕭蕭詩中多見以佛學、禪宗為題材之作，如《毫末天地》中的〈老僧〉（頁79）、《緣無緣》中的力作〈我心中那頭牛啊！〉甲乙兩篇共20首（頁123-166）、《凝神》中的力作〈應無所住而生其心〉4首（頁134-147）與〈空與有三款〉（頁102-107）等，他也曾出版《禪與心的對話》（台北：九歌，1995）一書，可見其對禪宗佛學的長久浸淫與心得。

那些曾經在我心上喜心上怒的
如今又在哪一面鏡子的外面哀樂？

　　鏡前尋求對話的人已不見，但「我」（鏡子）之存在、「我」之悲喜到哪裡去了？是跟著消失了？或者到另一面鏡子（更深的自我、潛意識的自我）前去尋求更深一層的對話了呢？詩中的鏡子，相較於之前的鏡子，已擺脫物象意義的鏡子，而成為心象意義的鏡子，消解了鏡子的形體，不過仍然無法釋懷地苦苦思索追尋記憶中的悲喜。再看〈鏡子（B）〉：

照看外面空無一物

無晴，無雨
無男，無女
無聲，無色
無情，無義

鏡子坦開胸腹手腳，睡了一個大覺

　　鏡子的物象形體、邊緣線條與時空限制被消解，釋放其內裡的精神、氣韻，所以可以坦開胸腹手腳，睡個大覺，而「我」（鏡子之我、鏡外之我）也完全消融，不再思索疑慮，已無對話對象，整首詩因此簡約而自在、意象涵融於無形。人生愈來愈豐富，詩境愈來愈深刻，但在簡約美學的表現下，詩意卻愈來愈單純。

　　除了「鏡子」意象外，「水」也是蕭蕭另一個慣用意象，而且愈到後期，出現頻率愈高，終於到了第五本詩集《雲邊

書》，他一連寫了十八首的〈水戲〉，以簡潔無比的語言，層層演繹「水」的千種丰姿，深入情感的纖維與思想的毫芒，道盡人間、宇宙最敏感的、最壯闊的種種情思。從其中多首詩作，我們可以再度見證蕭蕭短詩所表現出的消解與涵融的簡約之美。例如〈水戲之十五〉（《雲》，頁149）：

> 風在水面上寫了一個
> 草書體的愛
> 雲來不及細描
> 樹來不及贊嘆
> 魚來不及拜讀
> 風返身
> 草寫的愛又水一樣玲瓏

　　蕭蕭此詩，空靈之至。風過水面，漩渦偶現，在詩人的想像中，成了一個草書體的「愛」字，風過風回，波紋轉眼平復，一切又玲瓏如水，有形無體的「愛」字，更是形消體解；然而「愛」字雖然消解，「愛」意卻涵融於詩中。「愛」字自是虛構的想像，然而隱匿其中的卻可能是許許多多實存的愛的事件與記憶，所有雲、樹、魚來不及細描、贊嘆、拜讀的，實際上可能正是詩人日夜細描、贊嘆、拜讀的，而古今以來，多少文學、藝術作品的動人與不朽，也正是對「愛」的細描、贊嘆與拜讀。短短七行，蕭蕭說得很少，不說的卻很多，簡約美學散發出成熟的氣韻。

　　消解與涵融的其他佳例還可以從他充滿古典與禪佛意味的詩作中尋找。出身中文系又深研古典詩學與司空圖《詩品》的

彰化學

蕭蕭，[19] 詩中的古典意味一直都是相當濃厚的，特別是一種接近絕句的簡約的意趣。不過他入古典而能出古典，充分運用古典詩的簡潔優點，得其精髓而不爲累。例如〈飲之太和〉第二首（《悲》，頁95）：

> 林葉微微一動
> 可以聽得見息息
> 息息的聲音
> 可以聽得見，偶然
> 遠處，三兩聲吆喝
>
> 沒有鳥飛出

「飲之太和」爲司空圖《詩品》第二首〈沖淡〉中的句子；王維在〈鹿柴〉中以「空山不見人，但聞人語響」、在〈鳥鳴澗〉中以「月出驚山鳥，時鳴春澗中」來形容「鳥鳴山更幽」式的空山幽靜。蕭蕭在此同時隱約微涉王維這兩首詩與司空圖〈沖淡〉的詩境，但他利用分段時的中斷空隙，在第二段以突如其來的「沒有鳥飛出」製造了小小的懸宕與驚喜，並藉此推古人之陳，出今人之新。他製造出一個只有聲音、不見形體的空靈詩境，而當末句出現，原先的聲響也終歸消失、化入太和，詩意涵融於一片徹底的靜寂之中。又如〈三訪白雲山莊無雲〉（《緣》，頁46）：

> 啊！
> 完全灰而白的一隻蟬

---

19 同註9。

從唐朝那一葉冷香
飛出

　　這首詩令人聯想到洛夫的〈金龍禪寺〉，不過一聲驚訝後，蕭蕭的蟬不是在山中點燃人間光明、心中佛性的「禪」，而是穿越時空，從唐朝飛來的一種古典詩境。這蟬，像是白雲幻化而成，更像是蟬、雲一體相融，是蟬亦是雲；而當這似真似幻的蟬「從唐朝那一葉冷香／飛出」時，其形體已瞬間消解，直接涵融為一種古典的意境，迎面而來，籠罩詩人，也籠罩了讀者。從〈訪白雲山莊未遇白雲〉（《緣》，頁44）到〈再訪白雲山莊遇雲〉（《緣》，頁45）到〈三訪白雲山莊無雲〉（《緣》，頁46），詩人演繹了從有心到無心的過程，消解了有心的追尋，涵融為無心的境界，去掉形體的堅持，得到了神態的演示，那隱匿在詩中的古典詩情，不著痕跡的在短短的四個詩行中展現無遺。

　　除了古典意味，蕭蕭另一個經常被稱道的是詩中的禪佛意味。與古典詩一樣，禪宗佛學的特質對蕭蕭詩中多短詩、短詩之中表現出簡約美學等都有相當正面的貢獻，尤其禪宗佛學的思想對「消解與涵融」的美學手法之形成，應有更大的助益，因為他們都致力於執著、成見的去除，追求離形得空的精神境界。我們可以舉〈老僧〉（《毫》，頁79）一詩為例：

雲來，住在我茅屋裡
她說，她不走了
不走，就留下嘛
她說，她想住進我心房裡
要住，就住進來嘛

她說，她要走了

要走，就請便嘛

我只過是另一種類型，的雲而已

全詩簡約流暢，通透無塵，「雲」的意象從物質之雲在第二行以後瞬間化為心靈之雲，而老僧之「我」，也境界高妙、隨物賦形、離形得神，全詩之形體皆消解無遺，而也因為不再有形體的執著，所以自在無礙之趣，便涵融於詩中每一個文字之中。又如〈空與有三款〉的〈第二款〉（《凝》，頁104-105）兩首，也是一個佳例：

詩中論「空」時，全詩只有一個大大的、字體筆畫中間挖空了的「有」字；論「有」時全詩只有一個大大的、字體筆畫為粗黑實體的「空」字。蕭蕭在此運用了圖象技巧的原理與趣味，以最簡潔而不落言荃的方式，深刻詮釋了佛家對「空」與「有」的辨證：即使外在看起來似「有」，只要內在虛空，仍為真「空」；而即使外在看起來似「空」，只要內在充滿人慾，仍然是「有」。[20] 這樣的逆向思考，其實正是蕭蕭對人間世相的諷刺、揭露以及對生命本質的思考與體悟，他消解了對外在形體樣貌（看起來似「有」或似「無」）的依賴與執著，詩中甚至不出現任何意象或描述，直接將對人生的思索涵融於

一個抽象的文字上面，把他的簡約美學做了最佳展現。前文所提及的〈世紀末台北人〉（《毫》，頁66）與〈亙古以來不容再有的一聲淒厲畫過台灣上空〉（《毫》，頁90）兩首，一個將詩意涵融於「ㄇㄤˊ」的注音內，一個將詩意涵融於「二二八」三個字內，雖與禪佛思想無關，不過技巧上與此頗有異曲同工之妙，都盡得簡約美學之佳妙。

五、結論

　　讀蕭蕭詩，常被一些簡短潔淨的詩語感動，她們看似說得很少、說得很淺，但卻耐人尋味，令人低迴；深入探尋，竟發覺曲徑幽深，別有洞天：或古典雅致，或禪意隱約，或瀟灑出塵，或深情纏綿，或悟入神髓，或洞察毫芒，或寧靜絕美，或幽默悲憫。這些短詩，如果以十行為界，則一到十行的詩竟佔了蕭蕭全部詩作的77.6%。她們透過詩行外形的排列，以篇幅的簡省、詩行的短小、空白的增加，製造詩作外景的簡約；透過意象的簡潔化約，製造詩作內景的簡約。然後以內景、外景的雙重簡約為基礎，或者以極簡的意象凝聚全詩的焦點，藉以彰顯豐富的詩意與美感；或者消解意象的形體甚至隱匿具體意象，將詩意涵融於抽象的心象、簡潔的語句之中，而呈現出一種簡約的美學風格。古典詩學、美學的涵養與禪佛經典的涉略，對蕭蕭短詩的簡約美學之形成，也都產生正面的貢獻。

　　以四十二年的詩生命而言，年近六十的蕭蕭才算過了一半，下一半的詩人生將有什麼樣的詩產品出現，實在令人期待，而初步發展成熟的簡約美學將有何等高峰，也令人引頸。

回音的諦聽
——談蕭蕭的《凝神》

方群

　　一九四七年出生的蕭蕭，在時序上應該劃歸爲「戰後第一代」。這一代詩人的處境是相當的尷尬。向上他們同時受到大陸遷台作家和日治時代本土文人的交互影響，向下則必須面對Ｘ、Ｙ、Ｚ、Ｎ等新世代的質疑挑戰。身陷於「前有古人，後有來者」的交疊夾縫中，使得他們的成長與發展是倍加艱辛，但也因此造就他們非凡的成就與本領。於是在橫渡現代詩壇近二、三十年的暴雨狂潮之後，這批經歷水火煎熬、嚴格汰選的菁英，也已經成爲帶領臺灣航向下一個文學新世紀的主要掌舵者。

　　在這批足以標舉當今臺灣詩壇的重要詩人中，蕭蕭的地位是毋庸置疑的。從一九七〇年代的「龍族詩社」起，到一九八〇年代的「詩人季刊」，乃至一九九〇年代的「臺灣詩學季刊」，三十餘年來，他融編、寫、評、教，等多重專長於一身，不論是在質與量的表現，始終都維持著水準以上的演出。單以詩的創作成績來看，從一九七八年的《舉目》（大昇出版社）起，歷經一九八二年的《悲涼》（爾雅出版社），一九八九年的《毫末天地》（漢光文化公司），一九九六年的《緣無緣》（爾雅出版社），一九九八年的《雲邊書》（九歌出版社），到二〇〇〇年二月的《皈依風，皈依松》（文史哲出版社），以及即將問世的《凝神》、《蕭蕭：世紀詩選》等八本詩集一字排開，確實是相當的豐富可觀。而從詩作的形

式、內容、與風格來觀察，蕭蕭的詩作，也同步印證了臺灣三十年來現代詩的成長、發展與演變。

自從一九八七年解除戒嚴之後，各項管制一一廢除，也促成臺灣文壇在九〇年代進入「眾聲喧嘩」（heteroglossia）的繽紛場域。於是各種實驗文體與論述策略層出不窮地錯綜交呈：後現代、後殖民、女性等各種主義紛紛勃發，而拼貼（collage）、並置（juxtaposition）、混合（montage）、諧擬（parody）等書寫手法更被大量採用。尤其在網際網路（internet）興起之後，更使得文學的面貌有了重大的革變。——這不僅表現在傳播的途徑上，同時也影響了書寫的方式：包括多媒體的滲入，以及超文本（hypertext）的出現，這種種的新浪潮，也不斷地挑戰著傳統的文本，而在現代詩的領域上，這樣的趨向尤其明顯。尤有甚者，新一代的年輕詩人挾其在資訊科技運用上的優勢，不僅嘗試著挑戰形式與內容的最大極限，同時也企圖藉此反動前行代詩人的既有定位。

不過在歷經世紀末的恐慌與迷失之後，年輕詩人的嘗試並未克盡全功，相反的，部分中壯詩人在積極吸收資訊傳播與書寫知識的能力與技術之後，也藉此開發現代詩的多樣可能，同時也繼續把現代詩推向下一個嶄新的紀元。這其中如：蕭蕭、向陽、羅青、蘇紹連、白靈、杜十三、陳黎等，都是深受期待的佼佼者。

而在這些「戰後第一代」的詩人中，蕭蕭是頗為特出的，他的創作慾念旺盛，也長期參與刊物的編輯，同時具備理論批評的能力，更長期從事教育推廣的根工作，乃至於跨文類的演出等等，在在都讓這些附加的光環益加明亮耀眼。

雖然蕭蕭是如此的多才多藝，但是他最鍾情且投入最多的，無疑的仍應是詩的創作。他的第七本詩集——《凝神》即將於千禧年中問世，而不論是就形式的經營、題材的開發、以

及風格的塑造，在在都提供了我們一種更深的省思與期待。

　　《凝神》共收錄二十七首組合型的系列創作（若分開計算則共有七十首），創作時間集中在一九九八年六月至二〇〇〇年二月，這短短不到二年的時間內。對多產的蕭蕭言，《凝神》在數量上的統計並沒有值得大書特書之處，但若就整體架構的經營與美學觀念的啓發來看，《凝神》不僅僅是他個人實驗的里程碑，同時也對現代詩的未來發展，標誌出更多值得期待的可能。

　　首先，在形式的經營上，《凝神》大多屬於十行以內的小詩，而全篇主要是環繞著「一題多寫」的主軸來發展。全篇二十七組的作品中，以「一題兩寫」最多，包括：〈鏡子兩面〉、〈刷子兩把〉、〈山壁二景〉、〈醉酒二態〉等十八首，佔全書的二分之三以上。至於「一題三寫」的則有：〈寂寞三三兩兩〉、〈飛天〉三式、〈西安三奇〉、〈錯置〉三境界等四首。而「一題四寫」分別有：〈陽關〉三疊、〈應無所住而生其心〉。「一題六寫」的也有〈空與有〉三款、〈英文六書〉等二首。不過「一題兩寫」是其中最基本的架構模式，其他的變化都是由此所衍生的。因此，包括（Ａ）、（Ｂ）的兩兩對比，以及（一）、（二）、（三）、（四）的區隔分列，或是其他的形變延伸，基本上都不出這個原則，而這種預設的外在形式，也正是這本詩集的特出之處。

　　一般而言，蕭蕭所表現的是「形先存，意後立」的外在形式規律，和「意爲主，形爲輔」的內在組織結構，而表現手法則常以「正反相生，前後對應」爲原則，因此整組詩所表現的意涵常常是一種「相似的矛盾，相反的和諧」。我們以集中最夥的「一題兩寫」來看，這樣的並列結構是最明顯的典型。

　　山壁（Ａ）

山壁上直直垂下藤蔓
一探城府深淺

隨風晃了晃
不知數字，只好悠閒

山壁（B）

沿著宏偉直聳的山壁，一隻小螞蟻
急急攀爬

要爬到何時啊？
太陽落了又爬升
要攀到何處啊？
甜味早已變苦

橫亙數十公里的山壁，一隻小螞蟻
慢慢攀爬

——〈山壁二景〉

　　這裡首先表現的是「先下後上」的位置對比，其次再由藤
蔓的悠閒對比小螞蟻的急急攀爬，至於數字的多寡有無，對這
些動植物來說也許並不存在任何意義，反正該走的終究要走，
不變的也始終不變，人們所擔心的「要爬到何時啊？」、「要
攀到何處啊？」，反倒是窮極無聊的杞人憂天了！在此蕭蕭巧
妙地運用矛盾對比的策略，揭示出隱藏在文詞背後的思想，而
這樣的原則，在《凝神》中是處處可見的。

虎威（Ａ）

髭鬚從嘴邊冒，暴牙如爆芽從牙齦間鑽
爪中長牙，牙中長怒，怒髮衝破禮服禮帽
呀——

虎威（Ｂ）

放棄五色，屏絕五音
視萬物如無物
走在熙熙攘攘的人群中

——〈虎威二式〉

　　從前者的暴躁震怒到後者的寧靜致遠，對比的正是匹夫匹婦與將帥之材的差別。所謂的王者之風，正是不怒而威、三軍辟易；而血氣方剛之勇，不過是逞兇鬥狠的一時之快。作者透過如此的映襯，更能讓讀者輕易會心。

　　所以蕭蕭在此有意挑戰既有僵直觀念的動機，也是非常的明顯。因為一般人總認為寫詩是最需要「靈感」的，但若此說成立，則相同主題的作品便只能複製（copy）而無法創造（create），但事實真是如此嗎？蕭蕭以「一題多寫」的方式挑戰固定的詩題，除了能證明詩的多樣性之外，似乎也印證了寫詩並不完全仰賴那一閃即逝的靈光，否則作者耗費的氣力豈非徒然？詩的可能應該有很多很多，端看詩人願意付出的究竟有多少。

　　至於就題材的開發言，蕭蕭寫作的對象向來便是以投注於日常生活中各種事物的諸多面相為主，而《凝神》自然也不例

外。其中書寫物件的有：〈鏡子兩面〉、〈刷子兩把〉、〈鞦韆兩架〉等；而論述蟲魚鳥獸的，則有：〈春蠶兩仙〉、〈虎威二式〉；至於刻劃人生百態的作品爲數最眾，計有：〈賴床二法〉、〈醉酒二態〉、〈愛情二式〉、〈療傷二劑〉、〈九歌兩曲〉、〈寂寞三三兩兩〉、〈瞭望〉、〈蠡爬過的兩條細痕〉等；此外關於自然景觀的描繪，也有：〈山壁二景〉、〈晨露兩滴〉、〈石頭兩粒〉、〈白雲雙飛〉、〈陽關三疊〉、〈西安三奇〉等作品。

總的來看，這些在我們身邊隨手可得的現象與事物，在經過詩人巧手慧心的織錦成文，便成爲愛不忍釋的佳篇。所謂：「詩可以興，可以觀，可以群，可以怨。」而這些源自於日常生活中的細微瑣事，往往就是最容易有深刻體驗與發揮的素材。

賴床（Ａ）

什麼時候把自己丟在床鋪上、被窩裡
情人的臂膀，微汗的右腋？
什麼時候裸露在曠野之中
（覷眼一看）沒有言語、沒有聲息？
——我竟全然不知

——我既全然不知
鳥叫，花開，爲什麼我要下床？

賴床（Ｂ）

台灣，形像蕃薯

彰化學

　　但是不像蕃薯容易腐爛
　　天空，天天空
　　不像你的心容易變幻氣象

　　拉上被子，蒙著頭
　　這世界還是那世界，那世界還在我夢裡夢著
　　　　　　　　　　　　　　　——〈賴床二法〉

　　賴床雖不是大事，但可以賴出道理就難能可貴。（Ａ）首雖然兩問「什麼時候」，但因「全然不知」，所以便索性賴床到底，管他外面的變化如何，這其實也不失為一種說服自己的好理由。至於（Ｂ）首則從「台灣→蕃薯」、「天空→你的心」，再聯想到外面世界如何是外面的事，夢裡的世界可以簡單，可以依然故我，一切「拉上被子，蒙著頭」，管他天翻地覆，床還是可以照賴不誤，這又何嘗不是另一種達觀呢？

　　有很多人常說詩不知從何寫起？這不就是最簡單的解答嗎？詩不是非得雲山霧罩不可，有些詩人過份迷信怪力亂神，終至走火入魔，這不僅是詩人的悲哀，同時也對讀者造成莫大的傷害。詩其實並不貴族，它是俯仰可得，平易近人的。

　　情人節到了
　　送你一束白雲
　　可以當桌布
　　可以當圍巾
　　最好是懸在無人能到的心中
　　隨風隨時飄出視線之外
　　而亦無可如何

　　　　　　　　　　　　　　　——〈白雲（Ａ）〉

　　如此溫馨平凡的情詩，怎不令人動容？所以這些從日常生活點點滴滴所萃取的作品，更可見詩人從平凡中雕琢出特色的匠心獨運。

　　再就風格的塑造言，富有禪趣一直是蕭蕭詩作的主要特色。從《悲涼》時期開始，他的詩便流露出一種追求樸實簡單的美與體悟。到了《緣無緣》的階段，這樣的趨向更為明顯，尤其是集中壓卷的〈我心中那頭牛啊！〉甲、乙篇，不論是就寫作手法或思想模式來觀察，都可以明顯地看出《凝神》的雛形。只是在更深入的體會後，蕭蕭擺脫了古人既有的束縛，可以更自由自在地入禪。由生活入禪，由柴米油鹽入禪，由喜怒哀樂入禪，生活無處不是禪，禪也無所不在。而他的〈錯置〉三境界，就有這樣的辯證過程。

一

一支瘦瘦小小的你站在懸崖邊
你說：如果我是那風
世界就遼闊了

二

投崖而去的你斜向北西北
風說：如果我是那雲
世界就溫暖多了

三

飄零而下的你散成無盡的花香
雲說：如果我是那泥
世界就微笑起來了

　　「瘦瘦小小」、「投崖而去」、「飄零而下」的主體，心中都有所希冀，然而這個世界的「遼闊」、「溫暖」、「微笑」，必須在相對的假設下才能產生，只是這樣的假設倘若成眞，是否又會有更多的期待？「錯置」的本身也許是種「美麗的錯誤」，但「錯置」的改變又何嘗不可能造成更謬誤的「錯置」呢？

　　是以萬事萬物，各有其根本，回歸到原始的自然，一切就是無限的自在。

　　坐著，不動
　　任草從鼠蹊部長起
　　種苗生根
　　樹芽開花
　　風從腋下吹過

　　醒來細數
　　這裡一座山，那裡一座山
　　我也不過是千峰萬嶺其中之一而已

　　　　　　　　　　　　　　　　——〈療傷（B）〉

　　這樣的領會與體悟，確實就是最好的「療傷」。

　　不過在這本詩集中，〈應無所住而生其心〉系列，更是精華中的精華，蕭蕭對此投入頗深，我們更不能輕易忽略。

　　以〈其一〉言，全部的句型均爲「如果是」開頭的假設句，在統一中也寓含有萬事萬物種種變化的道理。而以阿拉伯數字爲序，從1遞增到12，再從12遞減到1，最後仍回歸於1，回歸到「如果是曠野，風聲隨著不同的心情變調」，具體地點

明了諸變皆由心生的奧妙。

　　而〈其二〉帶頭的數字則全部歸○，每一行的詩句中均鑲嵌「接受」二字，而以「我接受你千年的折磨回饋以無聲的淚無言無言的歌無盡的愛無盡的詩」居中承接上下，表現出世間萬物對接受的無悔，且不論這一切是喜樂或苦悲。

　　至於〈其三〉又改以二十六個小寫的英文字母順序排列，其中奇數句均以「有人」開頭，而偶數句則純作景象的描繪，直到最後一句才以「我在二十世紀愛妳妳在二十一世紀等我」總結。全詩錯綜交呈，表現出一幅幅鮮活靈動的畫面。

　　到最後的〈之四〉則以○與1做四個位址（location）的排列組合，全部的十六句完全採用「笑看□□□□，你是……」的句型，不過兩兩之間有互文關係的句子又被彼此分隔，作者似乎是以一個旁觀者的姿態，來瀏覽這個繽紛燦爛的花花世界。是以四則〈應無所住而生其心〉系列，也已超脫文字的基本運用，而以簡單的符碼（code）回歸事物的本原。

　　源於《金剛經》的「應無所住而生其心」是指萬事萬物萬法萬象皆是空，不應執著依戀而存其心，是以處處有心也處處無心。佛家的「真空不空，即是妙有」，也與此相吻合。不過這些道理在〈空與有〉第二款中即有更簡便的演示：

子、空

丑、有

空

　　在這裡「空」與「有」的二元對立，在形式與本質相互調換之後，也產生了相對的新義，空是有但有卻是空，有是空但空卻是有，虛實之間的抉擇，只在自己一念的微動。

　　詩的可能有多少？我想每個人都跟我一樣好奇。不過蕭蕭在《凝神》已經提出了最低限的可能。在每一座詩的幽谷裡，每一次的呼喊都會有無限多的回音產生。每個人的聽力不同，所以聽到的當然就有多有少，聽不到並不代表它不存在，然而聽到的是否也就存在呢？

　　那裡有一些隱約的低吟，你聽到了嗎？

　　那裡也有一些若有似無的的回音，你聽到了嗎？

　　你聽到了多少？又遺落了多少？

二〇〇〇年四月三日赴北海道前

詩的第五元素
——蕭蕭詩集《雲邊書》評介

白靈

　　詩是弔詭的，它的語言位置在「說」與「不說」之間，它的意圖在「表現出慾望」與「隱藏住慾望」的兩極中擺盪。也因此，詩人在使用他的文字時，很像在圍剿他時時想滿溢而出的情思。文字恰若擺佈陣勢用的石頭、樹林、陷阱、或兵馬，在與奔騰來去、行蹤詭異的情思對陣時，若能達到「旗鼓相當」、一副「臨陣待發」的姿態，他也就心滿意足了，並無意要將它們真的剿殺而亡；而且總會留個缺口，讓蒞陣參觀的讀者們可以借此目睹詩人的能耐。此種「既放又收」，「對陣而不厮殺」的行文手法，可說是詩藝術的極高境界。

　　中文系出身的蕭蕭，在古典文學的領域裡浸淫既久，自然深知詩歌幾千年的傳統中此種「以小博大」、「以短暫截取永恆」的驚人成效。事實上，蕭蕭是先知先覺，他是極少數在新詩創作中不斷地實踐「現代詩絕句」的先行者，只不過在過去的數十年歲月中，詩壇有此高見者寡，紛紛以創作長詩、難詩為能事者眾，以致於糟粕滿坑滿谷，令讀者難以呼吸，更不要說優游沉迷其中了。及至近年，由於資訊傳播媒介的日新月異，氾濫淹沒了眾多閱聽者的耳目，尤其網路電腦的風行，諸多資訊文字猶如漂流的垃圾，沉浮於有限的螢幕框框上，望之生畏，方驚覺詩文字精緻性的可貴，它們恍如知識大海中的浮木或孤島，令人得以暫獲喘息休憩。近兩年公車詩、捷運詩的逐漸蔚為風尚，小詩運動的重獲認真考量，報紙詩獎的縮短徵

詩行數等等,都無非說明了詩在不同年代中生存的機運和身段
或有不同,但到最後其必然與傳統的脈絡承接,則是無論如何
也擺脫不了的命運。

　　如此我們也可以重新認知到蕭蕭的「價值」了。在早先
的文學生涯中,由於他對散文創作和文學評論的專注和投入,
使得他的「文名」掩蓋了「詩名」。他著作豐碩,三十多部作
品中,散文即多達十三本,詩論九本,賞析四本,而詩集連同
本書,則有五本(嚴格而言,是四本),相較同輩其他詩人的
產量,並不算少。而其中多達一半以上的詩作竟皆是小詩的形
式,若將他組詩系列的作品也視作小詩來看,則更高達三分之
二至四分之三是屬於百字以內或十行以下的形式,環顧詩壇數
十年來的諸多詩人結集,蕭蕭可說是異數。但形式的堅持,並
不足以支撐所有內容的殊異或變化,蕭蕭深明其理,於是一題
多寫,或多題寫一,便成了他欲罷不能時常採用的方便之法。
難得的是,多數這樣的詩作依然各自圓融自如,比如上本詩集
《緣無緣》中的〈洪荒峽〉第四首:

　　　僅僅是
　　　一隻
　　　無顏彩的蜻蜓飛了
　　　過去

　　　整個溪谷裡的石頭
　　　都振了振
　　　翅膀

　　僅僅二十九個字的一首小詩,說的既不是事實,也不是超
現實,而是生命力在詩人內心中引發的一種感動,此種感動對

讀者有莫名的牽引力道，恍如讀者就是那冥頑不靈的石頭，因詩人無意中的指點或引渡，而竟神妙地振了振翅膀、或抖動了幾不笨重的身子。一如他其它諸多小詩，蕭蕭「說」的極少，「不說」的卻很多，他「說」的常只是自然的一小角落，「不說」的卻是大千的有情世界與無情事物相對映時驚人的「鏡子」功能。

比如他在本集中的兩首小詩〈風入松〉、〈風箏隨風飛〉，最足以說明他在這方面的功力，先看這一首：

風入松
風來四兩多
松葉隨風款擺、吟誦
風去三四秒
五六秒
松，還在詩韻中
動

〈風入松〉是這本詩集的開卷之作，短短二十八字，寫的是一細微而完美的境界，

他所圈圍出的畫面處處可見，卻是人間最難描摩的情境之一，蕭蕭抓住了，而且安排得巧妙無比。從風與松接觸的剎那，到風離松而去，松仍兀自晃動的過程，他用的是「延遲時間以放鬆空間」的表現手腕，將難以「計量」的風的行動，故意予以精確估量，使得讀者對不可捉摸的風突然有種可全盤掌握的快感。讀者像在估量短跑者的行動般，對不可見的風不但得知其腳步的輕重（第一句「四兩多」），還知其停留時所作所為（第二句），甚至對它離開後的影響力知之甚詳（三至六句）；經此過程，讀者不但與松一同「款擺、吟誦」，而且最

後還沉浸「在詩韻中」之「動」的美感裡,不能自己。這首詩成功的關鍵有三處:

一是使用了「四兩多」、「三四秒」、「五六秒」等量詞:上述量詞如果去除,原意不變,詩味卻大失。「四兩多」使得風的無形存在轉換爲觸覺的可捉摸感,同時也表現了它的輕盈和輕巧;「三四秒」讓無限的風的身姿成爲有限範圍的可觀察的角色,「五六秒」則加強確認它的有限、以及對松運作其魅惑力的時間(風都走了,松還感動不已)。

二是斷句分行的成功:詩分六行,末兩句爲嗅行,因此基本上是五句,其中 有四句是奇數,第二句是偶數,且最長,將風拘留在松中磋磨了一陣才放行,第六字之後加頓號,又多加一拍,感覺時間更長:末句的迴行是本詩分行最成功處,如果寫成下兩種形式:

①松,還在詩韻中動
②松還在詩韻中動

均不如原詩生動,主要是速度加快,「松」與「動」的畫面均隱而難現,可見得新詩中的分行的確是一門大學問。

三是音韻的和諧:詩僅二十八字,ㄥ韻卻用了八個,占全篇三分之一,風的聲形遂隨處可見,另外ㄞ韻四個、ㄢ韻兩個,ㄣ韻兩個,整首詩乃輕巧可誦,令人驚喜。

這首詩表面寫景,其實寫的是心境,「吟誦」、「詩韻」非僅是松在風中搖擺出的韻律感,也是詩人當下心靈的感動和領悟,松可以是我,風可以是任何事物,詩人因敏銳而受萬事萬物、乃至天下人之牽動,稍有觸發,則波濤洶湧,難以抑止。「三四秒」、「五六秒」又何嘗不能是三年五年、甚至三十年五十年?蕭蕭「表現出」的很少,「隱藏住」的卻很

多。「少即是多」是詩美學中最難得的特徵，只可惜詩壇有此體悟者仍屈指可數，蕭蕭這一首〈風入松〉表面看像是古典心境，但仔細瞧，卻是人類最普遍可得的經驗，難得的是他用的是現代語言，以讀「秒」方式「狀難摹之景如在眼前」，而能「不隔」，試問有幾本詩集有此本領？

底下再看他另一首四行詩：

風箏隨風飛
逆著風跑的一根線
因為有心事而挺直了自己

翻飛著上
翻飛著下

此詩更短，只有二十七字，大概是我見過寫「風箏」的詩作中最短的了，恐怕也是最「曖昧」的一首。筆者在《一首詩的誕生》的〈尋意與尋字〉一章中曾列舉過六首寫風箏的詩，不是以風箏自比小孩，飛不出大人的天空，要不即以之代表張望鄉愁的眼睛、或將之比喻為兒女，與父母相牽掛等等，從其中可發現：具象題材能予以「抽象化」，且抽象程度越高的越易成為好詩，即寫風箏能不停留在風箏上，而以之與情、思、人、事互繫，但又能若隱若現的，方不易落入言詮。蕭蕭此詩從字面上看，只像寫了放風箏的景象，第一段長句，彷彿把線放出，第二段短句，像是線的頂端風箏翻飛的動作，尤其第二段的八個字：「翻飛著上／翻飛著下」，可說將風箏本身反覆在空中上下翻飛的景致抓得準確精當，尤其將之並排，有宛若在浪中上下的奇特視覺效果。然而重要的還在首段隱含的情思，「逆著風跑的一根線／因為有心事而挺直了自己」，「一

根線」並不會主動「逆著風跑」，也不會「有心事」或「挺直了自己」，此時拉風箏的人隱而不見，已與線合一，寫「一根線」即寫了人。此詩只讓風箏盡情演出，讀者的眼光始終集中在風箏上，風箏的動作間接傳達了人的動作和情思變化。風箏在詩中「因為有心事而挺直了自己」，讀者首先想到的仍是風箏的形象，線拉得越直、感覺越沉重，表示風箏放得越高越遠，其在高空上不翻飛的景況也越激烈，末兩句即強而有力地傳達了風箏在高處可能「掙扎」「激盪」、也可能是從容「悠遊」「飛翔」的兩極心境。

此詩或需細讀兩三遍，才會回頭思考作者可能「隱藏住的慾望」：風箏需「逆著風跑」才易「挺直自己」，很像人有時得讓自身處在逆境、或與社會規範相違逆的狀況下，才能展現潛能。其隱含的危機則是以「一根線」的有限能力故意選擇去對抗廣大無窮的「風」，以是不得不「心事」重重，不得不「挺直」自己，勇壯前進。此詩最重要的字眼應是「挺直」二字，它代表了作者潛在的意圖、抗爭、和隱約的快樂。而如果將此詩解讀為情色詩，亦無不可，其中隱藏的「小說況味」就更為濃厚，其耐人尋味處則又是另外一番景象。可見得，一首好的小詩比起短詩、中型詩來說，以少為多，字字針血，不說的往往比說的多，更凝練、也更難經營，值得吾輩多予留心。

不論是〈風入松〉中的「松」，或〈風箏隨風飛〉的「風箏」和一根線」，蕭蕭都是企圖以有限的事物，傳達自身在無窮時空中的存有實境：這其間偶爾和諧，但多半可能困頓，而其消解之道，「散文的蕭蕭」顯然比「新詩的蕭蕭」如意多了，我們從他的散文集諸如《太陽神的女兒》等十餘本著作中可以窺知，他在多年的教學生涯中，由於自身情感豐富、深具教師魅力，極獲學生愛戴，從其中也獲極大的慰藉。然而作為內心隱藏的、潛在不為人知的蕭蕭而言，情思的奔馳、解放，

似乎在「新詩的蕭蕭」中有後來居上之勢，從爾雅版《緣無
緣》之後，他的語言大爲活潑，思維縱躍自如，情感如春夏勃
發的植物，令人目不暇給，以是他能在短短的兩年間連續出版
兩本詩集，這其中隱含的「詩的生命原力」，值得深究。張默
在《緣無緣》序中也舉過的〈緣無緣〉一詩爲例，或可一窺端
倪：

　　一隻螞蟻一直
　　輕輕叩著糖罐

　　喂，喂
　　不讓我追去
　　你是醒不了的夢啊

　　喂，喂
　　不讓我追去
　　你是醒不了的夢啊

　　那樣的回聲一直
　　輕輕叩著糖罐

　　表面上看，糖罐是螞蟻的美夢，是有邊「緣」的圓形糖罐
「不讓」、「無緣」的螞蟻進去：然而二、三兩段重複的「你
是醒不了的夢啊」說的卻是──螞蟻是糖罐的美夢，糖唯有被
螞蟻吃了才能醒來，否則糖仍只是糖而已。末段說：「那樣的
回聲一直／輕輕叩著糖罐」，糖罐由於螞蟻的輕叩和提醒，才
恍悟自身存在的意義，「那樣的回聲」（糖罐的）便一直縈繞
不去。或落實、或尋求、或去除「那樣的回聲」，也一直成了

蕭蕭在這兩本詩集中一再觸及並試圖予以「消解」的主題。比如在本詩集輯二的一首詩，詩名很弔詭，叫做〈無緣緣〉：

> 無緣緣
> 摸觸你的臉頰、鼻端、緊抿的雙唇
> 我可以確定五六分
> 追入你的喉嚨裡張望
> 進入聽道、眼眶、左心室、右心房
> 循著動脈、微血管
> 直抵心肺、胃腸，及於膏肓
> 我能掌握你七八種
> 不同色彩的奇思異想
> 危危顫顫浮潛於你的卵巢、子宮
> 滲透毛細孔
> 顛覆欲望、智商
> 不准別人探看
> 我洗一洗自己的心
> 百分之百俯首承認
> 你是皇宮後院那一　獨立的黃玫瑰
> 多少前世今生
> 我仍是那輪徒然的明月

在〈緣無緣〉一詩中，糖罐不讓螞蟻「進去」，到了〈無緣緣〉中，則已「摸觸」、「進入」、「循著」、「直抵」、「及於」、「掌握」、「浮潛」、「滲透」，而且「不准別人探看」，寫的是「無緣之緣」，卻是相知相惜之緣。此詩語言運轉隨心，表面說的是悲劇，暗裡不說的是喜雀。由《緣無緣》一書的壓卷之作〈我心中那頭牛啊！〉甲乙兩篇即可窺

出蕭蕭對自我身心安頓的迫切，以及他上天入地尋索的困苦
過程。而從其餘篇章也不難察覺，潛意識中的他求的是「雙
修」，如歡喜佛般進入一種由「至樂」到「至善」、「至美」
的境界，這也是蕭蕭在本詩集中一而再懇切地探討的。我們先
看看他的夢想——〈不繫之舟〉（《緣無緣》，頁23）：

> 醒來，在蘆花白與水聲淙淙之間，秋日午後陽光慵懶，
> 雲也慵懶。沒有人出聲。
> 我一直在夢想著這樣的夢想
> 不知道什麼時候我們在水邊
> 不知道什麼情況我們在舟上
> 不知道什麼目地我們漂行
> 不知道什麼原因我們順流而下
> 不知道什麼緣故我們擱淺
> 不知道什麼煩愁我們躺下來看天
> 不知道什麼愛意我們低語輕輕
> 不知道什麼天氣我們微汗
> 不知道什麼心情我們靜靜闔上眼睛
> 不知道什麼夢境我們隨風而去
> 不知道什麼什麼
> 醒來，在蘆花白與水聲淙淙之間，秋日午後陽光慵懶，
> 雲也慵懶。沒有人出聲。

這真是個與世無爭的桃花源，看似避世，其實是一種安
頓，在紅塵中的安頓，一種忘我的境界，卻不是一個人的，而
是「我們」的。這種境界蕭蕭在男女情愛間找到過，而且無憂
無懼，他在〈心即心〉長達五十餘行的詩中（《緣無緣》，頁
77）表現得淋漓盡致，令人無限神往。他說在那種極致的感覺

彰化學

裡，兩個鼻孔呼吸的是「三種魂，七種魄／四種綱維，八種道德」，而且「半個我在三十三天外，半個我在七十二層地獄粉飛」，蕭蕭說的正是對現實世界道德綱常的極大質疑。

在科幻電影「第五元素」中，職業為太空計程車司機的男主角布魯斯威利，由於誤闖誤撞，在黑白兩道夾縫中求生，只為了尋求傳說中風、水、地、火四大元素（古希臘的說法）之外的第五元素，以避免地球為外星人所毀，結果在最後的一剎那，才發現第五元素不在天上不在地下，而在男女主角擁吻的瞬間爆發出無窮的威力，將來犯的星球摧毀。此部電影最具創意之處就在於它的命名，將整部電影的主題精確地掌握──再尖銳的武器都不如「愛情」的威力來得強大。然而值得注意的是，電影中「第五元素」的力量是在「風水地火」四大元素（代表所處時空）之襯映連結中才發揮其力道，否則無以獨立釋放能量，這正也是古今中外藝術文學一再顛覆、鑽探的主題，蕭蕭也一再向人類此種「醒不了的夢」敲叩，比如〈空的天空〉一詩：

可以不要花的色與香，畫的美與力
山珍海錯四書五經
可以不要天長地久人團圓
可以不要亞太經濟以我們為中心
世界小異不必大同
可以不要雨不要風
不必春夏秋冬
一根一根佛洛伊德
支撐我們的天空

說「可以不要」其實就是「不能不要」，但可以「短

暫」、「不要」或「要」，爾偶「要」或「不要」。「風水地火」或其範圍住的社會乃至規範短暫可以不要，然而可以帶領生命升至極致的「第五元素」卻不能不要，但只能偶爾要。這真是生命與世界之間既矛盾又紊亂、既致命又具吸引力，始終難以釐清之處。

底下可以蕭蕭的主題詩之一〈草戒指〉作為說明：

因為吸取了露水所以長成纖維
因為植根土壤所以可以隨時發展意想

環你一莖草
其實也環你風，環你雨
薄月，粗茶
微雲，淡飯
無可避免你要遇到我
生命中的風風雨雨，一起抵禦
環你一莖草
其實也環你終年或增或減的陽光
草的溫暖
何止溫暖心與心的疏離
何止溫暖一根無名指
愛的渴望
環你一莖草
其實也環你生命的韌度
張開毛細孔的纖維
呼應你的脈搏量數
凡常歲月裡多少高低音
多少萍聚萍散，花榮花枯

會呼吸的草
環你以全生命的風雨和陽光
知道草之脆弱的我
環你以全生命的謳歌與哀唱

　　這首詩節奏鏗鏘、意象豐富、對比極具張力。與年少或青年時期的熱燙之愛相較，詩中的壯年之愛似乎更具靈性之美。詩句裡的「露水」、「土壤」、「風風雨雨」、「陽光」等字眼，就是「風水地火」四大元素（無生命的），蕭蕭說他的愛是要「吸收了露水」、「植根土壤」、「抵禦風雨」、「環你終年或增或減的陽光」之後，再由其中長成一莖「草」（有生命的），做成「戒指」，雖不如金銀的持久（無生命，因此恆久），卻是「全生命的溫暖的」、「會呼吸的」、「脆弱的」，但也因此才有「韌度」、能「張開毛細孔的纖維，呼應你的脈博量數」（不似金銀不具彈性），以小小的有生命之物（愛的象徵）環住更大的、值得為她謳歌與哀唱的生命（愛的對象）。這樣的一只「草戒指」（無法以金錢購得）豈不比真正的金銀戒指（到處可得）來得更為意義非凡、雖短暫但豈不具有永恆的、難以磨滅的價值？而這就是「第五元秦」的威力了。

　　對「散文的蕭蕭」我所知並不很多，但作為「詩人的蕭蕭」和「詩論的蕭蕭」，他是越來越精彩了。自從他放下學者的身段，寫起《現代詩遊戲》等書來，蕭蕭果然瀟灑、活潑得難以想像，來到《雲邊書》的蕭蕭，則可說情思奔放、想像力宛如打通了任督兩脈，擺起文字的棋陣時，收放自如，三兩步即見真章，雖然他「說」的不多，「不說」或「『小說』」的卻看得出有很多，他的至情至性在集子中處處閃亮，語言充滿

灼熱的光芒，他的詩是暖色調的、飽含讓人難以招架的生命原力，這也是新詩自一九二、三〇年代的徐志摩以後逐漸削減、乃至難以尋覓的詩的「熱力」——一種人人心中皆有、可以點燃爆發的「焓」（enthalpy），如今我們在蕭蕭的近作中又感染染到了這種氣息。所以，這使得我們對他未來的詩將釋放的能量，不僅充滿期待，更有些「引頸企盼」呢！

風景與自我
——蕭蕭《世紀詩選》導讀

李癸雲

展讀蕭蕭七本詩集[1]，詩的節奏持續鼓盪思緒，然而語意看似飽滿無缺口可進入窺探……

似乎有一場關於自我探求的邀約在閱讀中迴響，詩句牽引讀者來到作者心靈的窗口，風景卻流動起來。有時作者變身成風景，或說風景是作者的形影；有時作者和讀者站在一起，指出眼前一幅幅飄忽風景；更有時作者與風景裡眾多事物並列，你忘了誰是作者。總之，這些都是無法定格框住的風景，蕭蕭以風景與主體的擺盪來拉距詩的空間，同時尋找自我的適切位置。

讀者在詩中，被帶領，被放逐，而後也在風景中尋找自己的影子。

因此，此處嘗試以一個捕捉風景的讀者，試圖在渾沌的詩行中鑽開孔竅，讓意義流洩，並尋找作者，尋找自己。

風景是我：我在我之內

十八歲，眼淚在轉，心暗暗跟我說話的蘋果，翳入減入我

1　分別為《舉目》（後全數收入《悲涼》的前半部）（彰化：大昇，1978）；《悲涼》（台北：爾雅，1982）；《毫末天地》（台北：漢光，1989）；《緣無緣》（台北：爾雅，1996）；《雲邊書》（台北：九歌，1998）；《皈依風皈依松》（台北：文史哲，2000：2）；《凝神》（台北：爾雅，2000：6）。本選集未選之詩文中標記頁碼，既選者不另標出。

詩中，一抹雲彩。十九歲，環擁我，吸走我所有精氣的女巫，潛入我詩中，一記輕噫；二十歲，埋進我胸膛，滲進我血液的飛魚，成為我詩中最輕最白最不可或缺的呼吸。

> 既已是詩中的血肉肌理
> 就不可能遠離我的生命
>
> ——〈黃金印象〉《雲邊書》，頁112-113）

　　印象派畫家敏銳的感受到事件、物品、日常生活、時間的變化，將對這些事物的感覺和印象描繪到他們的畫布上。在畫家們看來，客觀事物僅僅是作為主觀印象的一種媒介，蕭蕭對於詩的書寫行為也以此來比擬，將「黃金印象」般的青春風景——蘋果、女巫和飛魚，一一嵌入詩中，成為一抹雲彩、一記輕噫和輕白的呼吸。既指出這些階段性的心理歷程對作者創作意識的影響，更重要的是這些外象式的心理經歷已一一轉化入詩，入作者的生命。當作者在提筆書寫生命種種時，外象自然成了普遍的表述媒介。主觀印象渲染了客觀事物，並在詩中重新為客觀事物構圖，看似干預外在事物的自然存在規則，事實上蕭蕭的書寫意圖是在重整它們，給事物一個新鮮的觀看角度，詮釋過程中，客體並未被主觀消融，而是形成彼此難分難解、互相詮釋的狀態。

　　這種狀態以下面這兩句最能貼切形容：

> 我在我之內
> 看黃金一樣亮著的廟在廟之中
>
> ——〈九份廟中廟〉《緣無緣》，頁31

　　我在我之內，得不斷深挖的心靈；風景在風景之中，須放

縱想像去架構的外象,而我與風景的主客之間又彼此相融,形成錯綜的風景。

因此蕭蕭以外象表現體內的風起雲湧時,讀者自然在這些視覺的、空間的景物中,組裝作者心靈,甚至進而省視自我存在的本質。蕭蕭的詩行正如一幅體內風景的描繪,風景也是我,我在我之內。

這種主客合一的渾然狀態,可先以其被多人討論過的早期詩作《悲涼》中〈孤鶩〉來觀察:

是
漸
漸
淒
清
的
我

路之最遠的那點,雲天無言無語落下
門關著。

這樣的畫面既能刻畫孤鶩在黃昏漫飛的淒清外象,又可說明作者由孤寂到鬱悶的心靈風景。這不適宜以「比喻」的手法簡化主體的辯證,因為分不清明確的喻旨、喻依,甚至詩中的「我」,可以從敘述者、孤鶩、作者的指涉,延伸到讀者的共鳴。主客合一雖點出此詩的境界,但是風景既不停留在客體的外象,也不膠著於一個心靈畫面,而是主客交融後,各安其位,沒有強烈的意義指向性,仍停留在渾然待解的階段,這就是蕭蕭特殊的自我安頓方式。

詩的真正核心，現象學家狄爾泰認為是相對於一般性日常經驗的心理經驗，因為這種內在經驗必然是較具震撼性，較為深刻的[2]。因此詩中的內容細節可以是虛構的，而最重要的經驗主體，也就是詩中抒情的「我」的心理經驗必定是真實的，才能傳達詩的意涵。詩中的風景通常是心靈風景，非現實風景，是作者以主觀剪接模擬的畫面，只是這畫面比客觀外象更具張力，更能逼近事物和人生的真實面。蕭蕭在詩中不斷以「我」說出物，物的特殊呈現方式就是「我」的真實自我探視。物我之間是一種相交相參的狀態，互相詮釋又互相補充，主客自由的混和、分開並易位。如《悲涼》中的〈冷〉：

花色隨暮色，漫天漫天
而暗

在淒寂的風中
翻轉化泥成土，沒全身而入
入泥入土
堅持，不循根
不入莖

不從粗枝大葉中旋飛
不使自己在眾裡叫出一聲

冷

這首詩主體不斷轉換。首段漫天漫天暗下來的色調是暮色

2　見鄭樹森編《現象學與文學批評》前言，（東大圖書，1984，頁11-12）。

所主導，花色應是天黑場景中的被動客體，然而花色卻翻轉成爲詩中主角，以「跟隨」的動作將「暗」的外在實景轉成內在的行爲──凋謝。第二段，花的形象又轉化成泥土，沒全身與泥土相混相融，固定的主體又崩解成渾然。最後，向上重新生長的花朵竄起，以高傲之姿聳立眾裡，這已是不同於首段黯然凋謝的形象，主體內容已重組。最後一字「冷」的喊出，將閱讀感受指向作者自己心靈的投射。所以，此詩在意義多層次鋪展、主體多次轉換中完成。物我之間難分難解，意義在突兀驚喜中持續迴盪。

這種的淒清孤寂的物我對照在蕭蕭早期詩集《悲涼》中最爲明顯，詩裡的外象總是以被闡釋而存在著，蕭蕭佈置著一幕幕悲涼景象，讓人分不清究竟是作者坐在那樣的風景裡，還是那樣的風景存在於作者體內，典型的例子如〈悲涼〉：

　　坐在風中
　　我逐漸醞釀一股悲涼，悲涼的
　　情緒

　　山色水聲，悄然引退
　　原野和風一起
　　消失

　　我垂下眼簾
　　讓淚包容所有的吶喊
　　無聲，滴落

雖言「坐在風中」，「一股悲涼，悲涼的/情緒」卻也是一股風，風在風中。等到外象全部引退消失，回歸到純粹的主

體存在時，垂下的眼簾、滴落的淚水，又從個人心靈拉開到前段冷風醞釀後的外在昏暗雨景，雨在雨中。

蕭蕭如此重覆地將自我對生命觀感的心理歷程以外象演出，不僅在詩手法製造了雙重聯想的效果，更藉由主客的辯證關係來表現人的存在是不斷地說明、詮釋、聯繫外在事物來勾勒自我的輪廓。

到了《毫末天地》，詩人較少有悲涼凄惻的自我挖索的詩境，轉諸於對外在現實的關注，筆調較為和緩。在表現手法上，主客仍然不二分，詩中主體仍然擺盪。如〈歸彼大荒〉中的兩相對照：

一顆柔軟溫潤勃勃而跳的心
又回到青埂峰下

回到青埂峰下
一顆堅硬冷漠寂寂無所視的頑石

四行分為二段，前後兩段可以視為時間性的之前之後，也可以視為上下的虛幻現實對照，或者是主客的人和石頭的置換——石頭可能潛藏柔軟溫潤的勃勃生命力，而人心隱含堅硬冷漠的質素。這是蕭蕭看待自然萬物的想法，也是其省思人心的反諷。

作者的「我」在詩的風景之中，而我就是風景，所以「我在我之內」。這些表現主體與客體緊密不分的詩中，可以感受蕭蕭對自我的定位意圖認真、急切，或者說執著於外象的意義賦予，表現出其較早作品中的自我強烈投射，以及對人的生命與外在客體必須不斷產生關聯的存在觀點。

一、風景隱形：自我消融

在第四本詩集《緣無緣》之後，蕭蕭詩中的心境普遍開始圓潤從容起來，對人的存在的探視和安置，常夾雜在外在現實的批判中，讀者較能發現作者在詩中發言的位置。如「觀看」〈氣象報告〉的我、在〈紅塵荒野中〉「被留下」的我，詩人不完全化入物象中自省，而置於物外作思維的反應。值得注意的是，此詩集出現了許多像禪宗「公案」式、充滿主客體位置辯證的詩，如〈蚯蚓我與太陽你〉和〈緣無緣〉，以小事件的發生來點出生命的本質或虛幻，使人有頓悟般的會心微笑：

> 一隻螞蟻一直
> 輕輕叩著糖罐：
>
> 喂，喂
> 不讓我進去
> 你是醒不了的夢啊！
>
> ——〈緣無緣〉

糖罐是螞蟻的夢，在旁觀看的詩人也在它夢中？或是掌控夢與現實區隔的主宰？詩人的語調少了上述的物我相混，指出一條界線來。在這些詩之前，蕭蕭詩中的禪意已隱隱發散，對生命現象的態度隱然有澄清之意圖。在《悲涼》中，作者曾置身自然萬象〈與王維論禪〉：

> 一本輞川集尚未翻開
> 三兩片花瓣先已順著衣襟
> 飄落

我，正待開口

花瓣飄落，正該賦詩或抒情，蕭蕭卻言「我，正待開口」，又想起上次論辯內容如清香細細裊裊，還有明月駐足相候，「我，如何開口」。「我」不再強力的探索物之本質，並與自我經歷疊合，我可以看著物象，任它們流轉，這正也是「與王維論禪」的眞正內容。

本選集選了《緣無緣》兩首很特別的詩。〈河邊那棵樹〉透過這棵固定的樹和其他事物如泥土、淚、落葉、河和微風的對話，來傳達物物相依相存的交融性，而這些事物都將生命交集到樹身上，最後樹卻對微風說：

你來
我才能彎腰把自己看清
可是
水的心鏡也皺了

連看似詩中主體的樹都無法辨識自己明確的模樣，那麼依附相存的其他事物也跟著飄忽模糊了，風景漸次消褪。另一首〈我心中那頭牛啊！（乙篇）〉，蕭蕭在附註中說明是因梁山廓庵則和尚的《十牛圖頌》，而以男女情愛爲主題而作，然而詩中所吐露的外象與主體的關係卻表現了蕭蕭詩中自我的變化。〈尋牛第一〉詩人高喊：「喂喂！你在哪裡？」〈見牛第三〉則「忘了演練多次／所有聲律、字彙腳邊的玫瑰」。〈人牛俱忘第八〉說風景是「淡 出／淡 入／那遠遠的天空／泛了白的淡」。呈現出物我兩忘的境界，風景具貌不再強烈襲擊作者的心靈，風景未必是風景。自然事物開始脫離原貌，一些固定的印象和意涵開始鬆動，甚至錯位、轉化，這一組詩中最明顯

彰化學

的是〈見跡第二〉：

> 水流，我以爲那就是歲月變幻不居的容顏
> 花放，我以爲那就是春神歡笑的召集令
> 浪起，我以爲那是智者的酒興
> 嶽立，我以爲情人的盟約有了永遠的保證
> 山鳴，我以爲眾神齊聲禱告
> 谷應，我以爲那是萬民的喝采
> 風清，我以爲堯已醒，舜又興
> 月明，我以爲今日的愛侶會成爲來世的妻

　　風景既失去原貌，原本在其中探索自我的詩人又該如何自處，在《雲邊書》的〈光影明滅〉一詩裡我們看到風景如浮光掠影，歷史也退化爲「光 影 明 滅」時，我由「此刻是我當下是我現在是我／唯我絜然」的亮度，削弱成「我明滅在陰暗的街角」（《雲邊書》，頁79-80）。從空間性的風景依存到時間性的風景移轉，蕭蕭詩中的自我，顯然有些心境上的轉換，時間的流動性也流動了自我的定位。

　　現象學大師梅露彭迪（M.Merleau-Ponty）認爲「時間的特性爲一永恆不止的運行，永遠走向自身之外。」[3] 並指出時間「只不過是一個普遍的乖離自身的東西，而其唯一控制這些離心活動的法則，就是海德格的所謂『出神忘我』[4]」。時間才是天地自然存在的主體，它任生命在它面前生滅，它始終存在，卻也是最難以描繪的存在。然而時間無時無刻不將自己投射在外物之上，如梅氏所言時間自己是空靈，而掌握它的實際的形象，只有在它之外去尋求。蕭蕭看見了時間的本質，讓風

3　同上書，（王建元〈現象學的時間觀與中國山水詩〉，頁119）。
4　同註3。

景固定形貌一一崩解，讓個人生命從與外物的必然聯繫中走出來，化入時間的流動中。這時，必須將人的形軀遺忘，出神才能跟得上時間的輕盈，《雲邊書》的〈清冷之神〉可以看出蕭蕭的「心齋」修養：

天地之間唯留下清冷之神出神

我是一棵古松
清冷
出神

莊子《人間世》提出「心齋」這種法門——心神專一，不用五官感知物，也不以心理解物，而用氣領會外在現象，心境就能空明。做到了「心齋」，自然能「坐忘」自身之固形。到了《皈依風皈依松》時，蕭蕭已將自我擦拭：

松皈依風風皈依松，我皈依松與風

雁在空中寫的人
已被漠然擦拭

——〈皈依風皈依松〉

風景彼此皈依，不存差別界線，自我則消融。

二、風景一角：看水開花

禪宗《傳燈錄》有一相當出名的公案：

老僧三十年前參禪時，見山是山，見水是水，

及至後來親見知識，有箇入處，見山不是山，見水不是水，

而今得箇體歇處，依然是見山只是山，見水只是水。[5]

　　這三層次的發展並不適合套用蕭蕭之詩，因爲他詩中的山水向來不是山水物理的本貌，詩人以詩句加以重組剪裁使之成爲詩中的山水，寫詩的活動已進入第二層次的知性詮釋。只是山水與個人位置的轉移可與這則公案對照。上述蕭蕭將自我安置在風景中，主客彼此交融印證；之後轉變成質疑風景的固定性，將風景物理本貌隱形，自我定位流動，甚至自我消融，物我兩忘。公案中的老僧主體到第三境界時，在山水中「得箇體歇處」，依然見山是山，見水是水。蕭蕭詩中的主體也一樣再次浮現，在風景得個「歇處」，成爲風景一角，風景依然自然湧現，無阻無礙。

　　這階段的詩中主體並不是風景本身，我也不再在我之內，我是風景的一個小角落，是萬物運行軌道的一小環，與風景同樣呈現、消滅。

　　在較早的詩作中，蕭蕭即偏愛風雲等物的自擬，雖尚無後來發展的「物各自然」的豁然開朗，仍隱約有對自我存在的寄託傾向。如收錄在《悲涼》詩集的《舉目》時的詩〈煙雲〉：

我挺立如山——已然爲水
流逝在你精緻的山水畫裡
如煙

突然，逝去的我

―――――――――――――――――――――――――――――
5　轉引〈葉維廉〈道家美學・山水詩・海德格〉，頁160〉同註2之書。

從你賁張的毛細孔中，疾奔而出
是雲
一片煙雲

——《悲涼》，頁55

　　此詩恰可看出本文所討論蕭蕭風景與自我關係的三個層次，自我建立於山水風景之內，而後流逝，再出現時是一片散逸的煙雲。

　　雲意象的自我指涉表現出其生命觀與自然萬物運行的隱約扣合，因為雲既是風景的一景，流轉的姿態又如同一雙觀看萬物的眼神。同時雲存在於天空，卻從來不曾污染真正的天空，它始終掛在那兒，融入風景的佈置，甚至時常被視為理所當然的存在。

　　〈煙雲〉的「我」到《毫末天地》〈老僧〉中更淡化了：

雲來，住在我茅屋裡
她說，她不走了
不走，就留下嘛
她說，她想住進我心房裡
要住，就住進來嘛
她說，她要走了
要走，就請便嘛
我只不過是另一種類型，的雲而已

——〈老僧〉《毫末天地》，頁79

　　我的茅草屋或我的心房，或我，只不過是另一類型的雲而已。雲意象的反覆運用可以看出蕭蕭創作意識對自我的位置正慢慢「退讓」出來，如〈老僧〉把心房都讓給了雲。

　　詩人從主觀詮釋退讓爲風景一角，使自然萬物在詩中以自我朗現的方式站出來的書寫方式，在第五本詩集《雲邊書》後更加普遍圓熟。這種書寫情懷，讓事物能夠採取與人主體相對等的立場呈現出來。撤除知性思維的定義萬物後，風景紛紛湧現，紛雜多樣，不受作者主觀影射與剪裁，有生命榮枯起伏的眞實面貌：

　　是的，我拈著一枝花

　　蝴蝶飛過來採蜜，我讓她採蜜
　　風吹過來親頰，我讓他親頰
　　陽光以隨意之姿俯臨，我讓他俯臨
　　落葉枯萎，我任落葉示範枯萎
　　大地誘引，我任大地誘我以色彩繽紛一張床
　　流水邀約，我任流水邀遊五湖四海
　　歲月凋零，我任歲月與我凋零

　　是的，就留下最後一朵微笑的你
　　　　　　　　　　——〈拈花微笑之三〉《雲邊書》

　　我與自然生命同時循環在繁衍、生滅和飄游間。說是「我」拈花觀看，事實上我就是花，我「讓」、「任」萬象變化，不是存有主客之別，而是以自我生命對等自然中一花草，花的生命周期即我的生命周期，這本是自然現象，無須驚疑多思，只要去接受。最後，那朵微笑，似乎神秘的暗示對生命現象的知悟。
　　詩人既以風景中的一景來定位自己，便無須「我」來爲眾多事物定名。它們能各自發展出自己生命意義，它們有自己的

相處方式和價值觀，這些事物的關係在作者退讓後，開始新鮮
活潑的發展新意：

O釘子接受鐵鎚的捶擊回饋以火花
O鳥接受鳥籠的拘圍回饋以關關啾啾
O茶接受沸水的沖泡回饋舌尖以甘美
O樹枝接受風雨的襲擊回饋以斷裂
O斷裂的樹枝接受風雨的潤澤回饋以新綠
O紙接受筆的磨蹭回饋以心靈的安舒
O頑石接受溪流的愛撫回饋以哲學
O溪流接受頑石的愛撫回饋以音樂
O人生接受焠煉回饋人間讚以嘆
O鳥接受天空的召喚回饋以優雅的飛翔姿勢
O沙灘接受潮汐千年萬年來來回回回饋以人類短暫的腳步
O谷底接受瀑布的縱落回饋以掌聲
……

——〈應無所住而生其心〉其二《凝神》

　　這是一段極新穎深刻的生命哲學，原本人類善於描述的
是非善惡好壞美醜的生命現象在此被釋放，事物給予彼此的關
聯新的想法。此詩後半部更將這些新詮釋再次辯證，讓同樣事
物再次撞擊出新觀點。在眾多事物的事物因果回饋中，人在其
中，佔著自然現象的一個角落，即不是主導也不是總結，不過
是現象之一。這就是蕭蕭在詩中對於自我生命看法的另一層次
跳躍，同時將個人生命意義追索提昇到人類普遍生命意義的思
考。

　　最後，以《皈依風皈依松》的〈看水開花〉一詩來作為本

文苦苦探視蕭蕭詩中自我定位與風景之間的問題總結：

　　水自在地流，流得長久
　　花自在地開，開得豐盈潔白
　　流，流向哪裡？
　　開，開成什麼顏色？
　　一個過客，問也不問，看水開花

　　詩人是那個過客，與水花風景自由自在同在時間中前進，生命的本質就是流動，無須為外象變化而駐足，無須追問，更沒有答案。而讀者也是詩的過客，在詩行風景中走過，賦予意義的行為也許已違反自然，不如靜靜展讀，靜靜體會。讀詩如「看水開花」，詩語言才能自在如水花，長久又豐盈潔白。

　　　　　　　二〇〇〇年三月完稿，原為蕭蕭《世紀詩選》書前導讀

垂釣古今話蕭蕭
——序《緣無緣》詩集及其他

張默

一

　　在當代台灣新文學的領域裡，蕭蕭的創作之路業已邁過三十載的滄桑歲月，他以遙吟俯暢的意趣，放浪形骸的不羈，朗朗馳騁在新詩、評論、散文、隨筆車水馬龍的陽關大道上，而不能自己。雖已有成，但回首前路，仍不能悚然一驚，五十將至，蕭蕭然而又陶陶然，作者對自己創作的要求，的確是無止盡，「訪風景於崇阿」。

　　打從一九七六年五月，出版處女文集《流水印象》以來，蕭蕭已推出十三部散文集，九部詩論評集，三部新詩集，四部賞析文集及四部雜文集。

　　三十年出版了三十多部著作，環顧左右，蕭蕭的成績單可謂是相當傲人了。

　　但是，在新詩的創作上，作者雖僅有三本個集，從《舉目》（1978），《悲涼》（1982）到《毫末天地》（1989），如果仔細加以檢視，他的詩作誠是量少質精，迭有新趣，尤其語言典雅流麗，意象深沉豪邁，節奏緩急有序，視野開闊明澄，充滿對生命、文化、歷史遠景的關注，擁抱與透視。

　　《舉目》雖說是作者最早的詩集，但《悲涼》卻收錄了所有《舉目》的作品，是以，視《悲涼》為第一本詩集亦無不可。

　　《悲涼》與《毫末天地》所收錄的大都是小詩，可見作者喜歡絕句遠超過律詩，句可以絕而意不絕，少少的語字，蘊涵足以覺人悟人的思理，就像小小的鑽石可以光芒無限，小小的偈語可以震撼無明的心。禪學大師一舉手一投足，一語半言，就足可啓迪人心了。蕭蕭的詩一直朝這個方向努力，盛唐詩人王維的詩境或許就是他期望翻身可抵的高地。

　　詩的確是精緻的藝術品，那麼，篇章短小必然是她的特性。《悲涼》時期，作者以小詩寫個人心境的轉折與委屈，《毫末天地》時期，則企圖以詩作渺小的身軀去對抗歷史龐大的苦難，顯彰當代台灣的不幸。如何區分這兩冊詩集截然不同的追求意欲？前者是「情」的綻放，後者是「事」的刻度，從這兩方面去探索，則蕭蕭早期所捕捉的詩意與詩趣，當盡在其中矣！

二

　　回顧六〇年代台灣的現代詩，當時詩人無不以追求「意象繁富」爲尚，大家競相推砌紛雜的字句，這種現象與蕭蕭所崇尚的詩的純淨之美、素樸之美、空靈之美，大相違離，因此作者苦思如何去對抗這種繽紛的花雨，還給詩一張素雅的臉？於是七〇年代《龍族》創刊初期，他寫了不少一字一行的詩，就只希望一首詩提供一個自身俱足的意象。簡鍊，獨立，有如一柱擎天而八面威風，一字透悟而古今貫通，一色入水而滿地華彩，如此聚焦於一點，演繹爲萬象，也同時解決讀者徬徨於現代詩眾多眩惑之門而無法叩應的窘境，讀者可以憑此純淨的意象按圖以索驥，從而很快進入詩眼中心而意馳八荒。

　　當然七〇年代還有其他詩人也作這種一字一行的嘗試，如羅門與白萩強調圖象之美與逼眞，蘇紹連釀製一步一血印的悚慄之美，葉維廉則是景的延展，空間的舖長，對於蕭蕭，一字

一行卻是時間的舒緩，要以時間的舒緩換取沉思的空間，換取心境的寧謐。〈孤鶩〉一詩是最佳的例證。

是
漸
漸
淒
清
的
我

路之最遠的那點，雲天無言無語落下
門關著。

　　這首詩係變奏自王勃「落霞與孤鶩齊飛」之句，張漢良對本詩有相當精確的詮釋。他說：「首段以橫排方式，表現孤鶩的存在狀態：平飛與孤寂（『淒清的我』）。這隻獨飛的鶩漸漸遠去，希望找到棲止之處。第二段排列的方式是垂直的，似乎鶩已經飛到終點，但『雲天無言無語落下』，等於給她吃了一個閉門羹，最後的一句『門關著』便是結論。……本詩至少有兩的說話者，代表兩種意識；前者是自憐的鶩，後者是全知的旁觀者」。
　　張漢良側重本詩題旨的詮釋，筆者換個角度，從時間與空間的觀念上去探索，則是作者企圖透過第一段徐緩的語言的節奏，暗喻鶩的徬徨無助的心境，由於這七個字一排卓然突兀的散開，更加深吾人讀詩時的追問與感嘆；而第二段則反向操作，垂直而下，詩的情境與首段迥異。這不正是作者所致力以時空的交錯互相運用與換位，從而獲致另一種非凡的驚悸與悚

慄。

三

蕭蕭出道迄今，先後參加了三個詩的團體，最早是於一九七一年初創組的「龍族詩社」，首次「舞自己的龍，敲自己的鑼鼓」。希望將當時現代詩向西方靠攏的偏差走向拉回正確的軌道。他在「龍族時期」寫了不少小詩，同社的林煥彰、喬林、辛牧，均已簡短篇章控訴社會之不平，對作者而言，都具有一定的啓發作用。而陳芳明札實的歷史觀點與詩學理論，與作者相互激盪，共同成長，也促使他在詩學與美學的視野上，達到相當程度的鼓舞與砥礪之功。

一九八三年「詩人季刊」復刊，一度由蕭蕭主持編務，迭有佳績。他個人在詩創作上也幾度嘗試改變風格，擴寬視野，樹立自己，作者認爲蘇紹連深入人性的幽暗處，陳義芝遊走溫情的人世間，一表一裡，迥然不同，其實均足以讓作者燦然發現各自獨特的切入點，而受益良多。

晚近，於一九九二年年底創辦的「台灣詩學季刊」，蕭蕭也是最初倡議的八位發起人之一。際此九〇年代，台灣意識勢必逐漸抬頭，大陸詩評人以大量的文字評析台灣現代詩蜂湧而來，所以他要以台灣自己的觀點建立台灣的詩學體系。一百年的隔絕（1895年割台），迫使台灣告別中國，逐漸顯現出不同的海島經濟、文化，台灣詩人與詩評家必須正視這種變化，「突顯台灣，高舉台灣」，這不是口號，而是一種純淨正確的理念。他們強調：「挖深織廣，詩寫台灣經驗，剖情析采，論說現代詩學」。此等皚皚如雪的情懷，有何不可！

蕭蕭熱愛斯土，他是道道地地出生在彰化社頭鄉朝興村的草地人，從他過往發表的詩作中，有若干書寫充滿泥土氣息至親至愛的詩篇。早期的〈田間路〉組詩一輯十二首，可以視爲

他的鄉情田園詩的啼聲初吐。茲舉第二首〈丑時‧夜巡〉，俾供讀者一粲：

> 爸爸披著外衣就跨出門
> 說田裡的秧苗在夢中呼喊他，像我們一樣
> 又飢又渴
> 我披著外衣隨爸爸出門
>
> 流浪的北風也怕冷，哭著要體溫
> 鑽向我們單薄的，真皮的
> 肌膚裡
> 我和爸爸抱著北風，北風抱著我們
> 冰冷就這樣從腳底一直住在我心中

　　確確然，這是一首無限「親情之獻」的田園詩，讀之令人鼻酸，作者把人和土地緊密地連結在一起，特別是用語之摯樸，情緒鋪陳之恰到好處，一幅「父子夜巡圖」油然拍擊著讀者的心扉。而蕭蕭本人的自述更是無比的真誠，特引錄如下：「從天到人的關心，從人到地的熱愛，我有著很深很深的冥合為一的觀念。寫〈田間路〉，因為自小就從阡陌之間站起來，走過來，難以忘懷沒有玩具的童年，泥土，一大片一大片的稻野，父親黝黑的臂膀，讓我獨自飲泣的竹林……。舉目，心不能不有所思。」

　　作者心中的鄉關、田園、親情、現實之愛，還不時瀰漫在其他諸多詩作中。

　　例如：

> 天色一暗，原野更荒

我們只好等風

—— 〈秋天的心情（之五）〉

　　莫非，這一股幽幽靜靜的詩之和風，自作者心靈深處瑟瑟而來，悠悠而去，極目天際，風聲似乎已息，然而當風在起時，詩人的靈思不是更加飽滿與奮發嗎？

四

　　《緣無緣》是蕭蕭近七年來詩作精選的結集。全書概分五輯，輯一「紅塵荒野」（十三首），輯二「陌生的太陽」（二十一首），輯三「緣無緣」（七首），由長短不等的詩篇組成，而輯四「河邊那棵樹」，輯五「我心中那頭牛啊」（甲、乙篇），則係以組詩形式出之。

　　作者深切希望在這本詩集中，能透過人間「情」與「事」的某些現象去梳理生存的本質，濾除過眼煙雲，誇張的氣勢，在靜與定的觀照中直探生命，以及為生命深澈的顯彰。甚至也可以如此說：《悲涼》時期的蕭蕭，隱約有文化中國的虛幻嚮往；《毫末天地》則關注現實台灣的隱痛；到了《緣無緣》，他則跳脫超越了國界，為人類心靈的共同激盪而省思。

　　蕭蕭創作《緣無緣》的理念，除了一部分涉及禪與生活的互動，更由於作者喜歡禪的體悟能從宗教有限的信仰中脫軛而出，在日常生活裡無拘無束來去自如。禪，對詩人而言，不是修行，不是信仰，而是實實在在的生活，借它來表達個人的詩境自有其妙契之處，介乎「言」與「不宣」之間，或「不言」與「渲」之間，倒不一定將這些詩作落實於佛理的探索上，那可就執而泥，反而離詩去禪更遠了。他那首用作書名的〈緣無緣〉，可以視為作者沉思默想後的標竿：

一隻螞蟻一直
輕輕叩著糖罐

喂，喂
不讓我進去
你是醒不了的夢啊！

喂，喂
不讓我進去
你是醒不了的夢啊！

那樣的回聲一直
輕輕叩著糖罐

　　這首詩以一隻微不足道的螞蟻作為主體，牠一直輕輕叩著糖罐，緊接著中間兩段重複的話語，意味深長地暗喻那隻昆蟲急於覓食焦急的心情，糖就是螞蟻的美夢，可是隔著一層鐵皮，真是讓牠傷透腦筋啦，詩的末尾似乎明示螞蟻並未得逞，牠與它始終維持著對立的狀態。

　　如果有緣，螞蟻可能破罐而入，把一粒粒的糖吃個精光，問題是緣或無緣，就隱約在一線之間了。

　　作者在這首八行小品中所創造的看似單純實則相當玄祕的禪趣，一個用心的讀者，你會體悟不出嗎？

　　綜觀蕭蕭在本集中所收入的詠物詩，數量可觀，其綻放的情趣，也十分沁人。

　　例如〈蚯蚓我與太陽你〉，以充滿機智的對話方式，闡述兩者之間的親密關係。題目本身的我、你並列，就讓讀者感到窩心、好奇。

　　全詩從開篇「蚯蚓揚起頭來」到末句「蚯蚓搖搖頭」，其間是一個充滿動作充滿戲劇化的過程，咱們可管不著蚯蚓怎樣說，石頭怎樣說，太陽怎樣說，其實，人世間的律則，不是彼此相扶持，彼此逗趣，彼此互補長短，而讓大家各適其所，相安無事？或如作者在本詩結尾所述說的那種情境：

　　太陽笑著說：當你爬上石頭，我已經去了天涯。
　　蚯蚓搖搖頭，那又有什麼關係，明日你還是
　　要昇上來看我。

　　在〈石頭也有淚要流〉一詩中，作者又是怎樣淋漓風發的為它辯解呢？

　　其實，石頭一直是默默不語，無血無淚的象徵，忍受千年的風吹雨打，可是它在詩人的心目中，卻並非如此，它依然是一具具活蹦亂跳的新生命。不然曹雪芹的《紅樓夢》怎會又叫《石頭記》呢？蕭蕭之所以點出「石頭也有淚要流」，當是深深有感而發。物我一體的情懷，早就在詩人的觀念裡根深蒂固，無可搖撼的了。李瑞騰曾確切詮釋本詩：「石頭應是無情物，卻也有淚要留，整首詩充滿強烈的對比和誇張，『千年的苦難』與『午夜的一聲輕喚』，『四十億光年的黑暗』與『急急迸出的一聲淚』，都值得進入其中再三沉吟」。

　　其中第二首第二段的前五句，更見犀利的華采：

　　春雷不曾驚我，秋月不曾圓我
　　我，孤坐
　　從千古到萬古
　　是最初
　　也是最後

作者對石頭十分凜冽的鑑照，真是貼切之至。

小詩，在本集中依然佔有舉足輕重的份量。所謂「語近情遙」，「意在言外」，「委曲轉折」，「無理而妙」……，蕭蕭在本集第二輯的許多短章中，大體均能掌握這些原則性的要領。下面仍以詩篇為證。

啊！
完全灰而白的一隻蟬

從唐朝那一葉冷香
飛出
　　　　──〈三訪白雲山莊無雲〉

在龜裂有聲的田野
如何丈量秧苗與飢餓的距離？
一尾總統魚在潭邊
讀著
昏迷的莊子
　　　　──〈甲骨文〉

隨著蘆葦追太陽
向西直直奔馳過去

我，一聲呵欠
　　　　──〈四十七歲〉

從以上三例，可以體察作者寫作小詩的秘辛。第一首〈三

訪白雲山莊無雲〉，以蟬喻雲，確是難得的假借；第二首〈甲骨文〉，以龜裂的田野影射甲骨文的形象，再以一尾魚讀著昏迷的莊子來諷刺老古董的悲哀，其情可憫，但亦令人徬徨。第三首〈四十七歲〉，是自嘲，不管曩昔的夢想是否成真，四十七載悠悠的歲月，轉眼之間就在一聲呵欠中過去了，徒徒興起誰能抓得住時間蹤跡的無限感嘆。

　　蕭蕭對於台灣歷史老街與古厝，依然十分眷愛，抒寫這方面的詩章，亦屬不少，以〈鹿港九曲巷〉一詩最為感人。

　　　我回到巷口
　　　喚著你的乳名
　　　彷彿井裡的傳奇以濕淋淋的記憶
　　　緩緩甦醒

　　　這時
　　　你在哪個窗口
　　　無心無意地摺著
　　　我走後
　　　已經三寸那麼厚的陽光

　　懷舊詩寫得不好，不是濫情，就是說白，要不就是充滿對往昔點點滴滴的追憶，如果語言、意象不是轉折與蛻化，往往給人的印象如飲一杯白開水。〈九曲巷〉呈現的感覺則是，語言平白但意蘊無窮，特別是結局，既寫實又抽象，引人冥思至再。

　　《緣無緣》的壓卷之作，當係〈河邊那棵樹〉與〈我心中那頭牛啊！〉這兩首情景截然不同的組詩。

　　〈河邊那棵樹〉區分為三十四個短章，每首在五至十行

之內運行。各詩開頭均採同一格式：如「河邊那棵樹，對泥土說」，第二首首句同前，後句則改為「對淚說」，以下均類推。

這首詩以樹為主軸，次第展開對泥土、生命、月光、雲霧、飛鳥、滾石、木筏、水聲、落葉、彩虹、家具、腳印等等捕捉與詮釋，通過這些事象風物的特徵，表達詩人諸多的疑惑與探詢，但也豁然具體鋪展他那清風明月、無私無我的詩觀。不信，請看本詩第廿四首：

河邊那棵樹
對風箏說
你是我昨夜釋放出去的
右手嗎？
搖搖擺擺
也要攀個星星才回來呀！

〈我心中那頭牛啊！〉是蕭蕭近年來努力經營的組詩力作。甲篇十首，以南宋普明禪師所作之「放牛圖」為藍本，分別作了不同的嘗試，循既定的規，蹈傳承的矩，賦予悟道的各階段各歷程不同的意象，如何控馭難以馴服的心，使心與人合一，人與天雙泯，可以看出作者步步為營的屐痕，嚴格說，這並不符合禪宗不落言詮，以心傳心之旨，不過，現代詩的表現方法本來就有如脫韁之馬，反而在上天下地的意象帶引時，可能更易貼近禪悟的本然面貌。乙篇十首，以梁山廓庵則和尚的「十牛圖頌」為依循，從「尋牛」到「入廛」，係以男女情愛比擬其境，大膽顛覆，完全絕裂，十分驚險，讀者可能懷疑這是悟理之作還是言情之詩？作者一反常態，逆向操作，迎風而行，可能它就是禪與詩的美妙處，虛與實之間，誰又坦然得知

何者是鏡中的你，鏡外的我？下面請大家不妨探觸回味一下，詩人在〈相忘第八〉中的結句：

> 從此溪山雲月中
> 人牛花鳥意相同
> 即使花落
> 即使水流
> 任爾縱橫
> 隨他東西

五

多年來，蕭蕭一直勤奮地在台灣現代詩的花圃裡耕耘，由於他經年累月殷殷為詩人造像，為詩作演義，為詩壇植林，為讀者點燈，從而他的詩評的聲音遠遠超過他的詩。其實從《舉目》、《悲涼》、《毫末天地》到《緣無緣》，來綜覽他在詩創作上的成果，依然是十分豐碩的，不僅題材多樣，技巧圓熟，迭創新意，別有丘壑，尤其在垂釣古今的境域裡，自有他一定的不可撼動的位置。

一九九五年十一月廿三日脫稿於內湖「無塵居」

羚羊如何睡覺？

陳巍仁

一

面對詩的時候人們總愛發問。

如果有人問：「詩有用嗎？」你會怎麼回答？

如果他又問：「詩有趣嗎？」你會不會覺得這個問題比較簡單？

還有些人會問更恐怖的問題。

「詩還活著嗎？」

二

這三個問題，不論是誰提出，在我看來，都不能算是外行話；即使要詩人、詩論家來回答，恐怕費上一番口舌都不見得有確論。這些問題的癥結在於，「現代詩」到底要怎樣滿足來自各方面的標準與要求？堅持詩的藝術身段曾經讓詩壇付出了很大的代價，但是完全順應功能導向而被吸納為「文化工業」的一環，又非關心現在詩者所樂見。在各觀點長期的角力戰中，要能夠釐清一條發展路線實在不是件簡單的事，於是大部分的人包括筆者在內，都選擇了一種半逃避的策略，偶而搖旗吶喊，表示自己仍有一些主見。於是，詩界漸漸就產生了一種現象：只有小原則，不見大方向，這大概就是後現代的無奈吧。不過有些人並不是這樣，他們堅持作者、讀者、評論者間

的對話,同時也注意到詩和社會的互動,甚至有願意摸索出一條道路來,蕭蕭就是其中之一。

在現代詩界中,蕭蕭對兩方面最為著力,一是現代詩的評論,另一個則是現代詩的教學。不消說,這兩樣工作的「傳播」特質十分明顯,蕭蕭可說是非常積極地扮演「佈道者」及「解人」的角色,另外在各方觀念的溝通上,蕭蕭亦是健將,與大陸雙古(古繼堂、古遠清)的論爭就是一個例子。這些成果雖然在質量上都頗為可觀,不過卻也淡化了蕭蕭的另一個身份——詩人。蕭蕭「出道」約三十年來,曾經先後加入「龍族詩社」、「詩人季刊」、「台灣詩學季刊」等團體,與現代詩界的關係從未疏離,但是在一九九六年之前,蕭蕭總共只出版了《舉目》(一九七八)、《悲涼》(一九八二,同時收入《舉目》全部作品)、《毫末天地》(一九八九)三部詩集,相對於他的評論、甚至散文方面的著作,詩集僅僅是少數。

不過自《緣無緣》(一九九六)之後,一連著《雲邊書》(一九九八)以及二〇〇〇年這部詩集,詩的創作出版量已然密集許多,這是否意味他的注意力已經回到創作上了呢?拋開文人理論與創作兼顧的理想不談,光從現代詩的發展來看,筆者以為,蕭蕭近期持續的創作,特別是本書所收的作品,就具有特殊的意義。簡而言之,因為長久從事批評與教學,蕭蕭已經建構出一種近似迷思的權力,蕭蕭的發言,隱然代表詩界(或其中某部分)的一種價值觀,不管是否能夠持平,但必定具有影響力。在此情況下,原本詩界與讀者、社會的對話是否還能保持雙向交通,抑或只是單向的灌輸與接受,令人質疑。從早期的《現代詩導讀》(與張漢良合編),到較近期的《新詩三百首》(與張默合編),這個矛盾從未緩解。因此,當前述三個問題再度拋向蕭蕭時,他所採取的策略不是繼續析理論辯,而是放下權力,不再發言,改以最根本的「詩作」來呈

現。不管發問的是專家還是外行人，現在都得看看他的詩了。

三

　　「媒體」是當代的寵兒，既是種流行也是種必然趨勢，如何運用媒體創造優勢，早就在各學門行業沸沸揚揚地討論兼實際起來。現代詩也沒有自外於這個潮流，比如羅青提倡的「錄影詩學」，或是杜十三等人綜合多媒體、裝置藝術創造的「視覺詩」，都是想要將詩和其它媒體融合的嘗試。他們的立意甚佳，可惜的是似乎並未造成風氣，這樣的結果讓人不禁要問，詩跟其它的媒體藝術，除了強送作堆之外，難道就沒有比較自然的方式了嗎。

　　我們可以回想唐代詩人王維，王維詩畫雙絕，後人咸認「詩中有畫，畫中有詩」，兩種藝術在詩佛筆下水乳交融，渾然一體，這種情形即美學上所謂的「出位」，也就是媒體的特色或功能，侵入甚至取代另一種媒體的特色、功能。所以，詩雖然還是詩，讀王維的詩卻已經具有上畫的意境，反之亦然。若是可以讓兩種媒體相互出位，其效果必定會比刻意連結揉合好得多。蕭蕭藉由徐凡晰的畫、林昭慶的陶藝所產生之冥想，就寫了〈皈依風皈依松〉一輯詩作。詩和畫、陶藝各自獨立，卻也可以相互擁抱，難分難離。我們雖然沒見到畫及陶藝的真實形貌，但我們可以確知詩是藉彼而生，從而倒反建構出它們的形象，而這個新形象和原本的實體，絕對是不一致的。因此，蕭蕭的詩還是詩，卻出位成每個人心裡所感受到的獨一無二的山水、陶藝，甚至更多根本不具象的意念。〈皈依台灣〉一輯，同樣是因應公視節目「我們的島」每一集不同的主題所創作，影音媒體較靜態藝術更多元，現代詩一樣能配合得很好，電視播完了，詩還會出版，可貴的理念也會隨著詩延伸下去。發展現代詩要藉助媒體，但不是利用媒體，運用互相出位

的方式互利，應該是個正確的方法，蕭蕭就做了很好的示範。
以詩來加深其它藝術的內涵，也以詩來見證朋友間的情誼，
現代詩有沒有用，大家一定心裡有數。其實，〈皈依風皈依
松〉、〈皈依紅塵〉、〈皈依台灣〉三輯詩作，蕭蕭本來就是
以「實用」為出發點。我們如果回顧一下歷代的詩歌就會發
現，詩除了重視「言志」外，實用性也很高，諸如廟堂應制、
親友酬唱、賀喜稱美、傷別悼亡無不一一概括，換言之，古典
詩的功能極強。這固然與詩人在每一個時代地位的升降有關，
但是詩的素質，卻不因古典與現代而有太大的差別。藝術並不
一定要超脫於現實生活，古人可以把詩融入生活，現在詩也同
樣可以擺脫個人主義的桎梏，與現實環境對話。在蕭蕭的〈皈
依紅塵〉中，就可以看到對畢業學生的祝福，對朋友亡父的悼
念，對震災的哀痛，更實用的還有為詩歌朗誦、為東吳大學
校慶、為教師節慶祝會而寫的作品，甚至還包括大理高中的校
歌。這些作品可以讓我們瞭解，在這個凡事講求功效的時代，
詩早就準備好了。公車詩雖頗受好評，但也可能淪為一種都市
生活的點綴，但蕭蕭這些「實用」的詩不一樣，它們將觸角探
入各個層面，進入媒體及生活，無形中也接續了詩實用的傳
統，重新確認了詩的角色。讀這些詩的時候，或許可從這層意
義上去玩味。

四

　　就筆者的經驗而言，對現代詩有興趣的學生或朋友，它們
最大的困惑就是「如何感受詩的美？」一般來說，要體會古典
詩的美感並不難，除了文辭、意象的簡鍊精美，音韻和諧及形
式上的玲瓏小巧也是一大原因，再加上意境的表現，便造成一
種有層次的趣味。也就是說，不能把握詩意並無大礙，詩的形
式還是可以滿足視聽上的審美需求。現代詩由於在根本形式上

革過古典詩的命，其後遺症之一就是這種層遞的趣味被打斷，讀者一但無法掌握詩意，一首詩也就沒什麼地方能吸引他了。這的確是現代詩的一大限制，要謀求解決之道絕非易事，不過講到「趣味」，我們倒是可以注意一下蕭蕭的詩。

綜觀蕭蕭的詩作，有兩個特色最常被提出，一是「小」，二是「禪」。

短小的詩，或是有短詩合成的組詩，是蕭蕭慣用的創作形式。即使詩界確實曾試著推行「小詩運動」，一些論者也認為「輕詩」、「小詩」是藝術創作轉變為文化工業的必然現象，但與其說是這些原因，毋寧說蕭蕭主要還是受到傳統律絕的影響。他認為「（小詩）是東方文化的自然期求與特徵，日本、印度、古中國，無不如是。……是小詩就該是好詩，因為他自動過濾了雜質，純淨了自己。」蕭蕭自覺地依循此一原則，除了篇幅，也融入了修辭與音韻。相較於其它的詩人，蕭蕭在短小的篇幅裡使用了大量的形容修飾與套語，比例高得驚人，一反現代詩塑造意象重於修辭的常態，也全不隱藏他中文系出生的學科背景。比如：

〈浮動暗香〉

只是一陣暗香　浮動
讓愛有了寄託
讓情有了追索的線索
那遠遠的月，昏昏黃黃
彷彿也在訴說遠古的傳說，暗香浮動

全詩化用宋代林逋〈山園小梅〉「暗香浮動月黃昏」句，乍看之下，並沒有什麼精確的意象，再加上許多類似坊間言情

小說常用詞句的堆積，本應沒什麼引人入勝之處。不過要是我們把全詩當成一個意象來看，卻十分完滿具足。意象的展現方式並不是一成不變的，杜牧金谷園詩中「落花猶似墜樓人」一句，花落是一個意象，佳人墜樓是一個意象，而全劇引出的悲涼意味又何嘗不是？我們讀蕭蕭這首〈暗香浮動〉，需要感受的是全詩在上修辭及聲韻上，所營造出來的清淡氛圍，至於裡面是否有本事？蕭蕭為什麼這樣寫？都用不著讀者費神。詩的篇幅一短，整體必然重於細部，蕭蕭刻意在修辭及聲韻上的安排，很可以讓讀者享受到近似絕句的快樂。這可以說是蕭蕭詩作表現的第一種趣味。

五

　　蕭蕭自己對「禪」頗具心得，他的詩則含有「禪意」，不少論者都已經做過解說。無論如何，我們必須要先弄清楚，這裡所謂的「禪」，並不是宗教意義上的「禪」，也不同於周夢蝶將「禪」當成高深藝術境界的寄託，而是對現實生活作不同角度的觀照，在靈巧的思辨中展露機鋒，是一種時時與萬物保持對話的情趣。在這樣的對話中，我們會走出習慣的侷限，體會到「我」以外的生機。蕭蕭在近作中，所嘗試的角度越來越廣，越來越活潑，不但挑戰他從前的思考方式，也挑戰讀者的心靈界線。簡單的如：

〈鏡子兩面〉

鏡子（A）

發現對面是一片空　白
無物可照

那晚，鏡子開始懷疑
我，曾經存在嗎？
那些曾經在我心上喜心上怒的
如今又在哪一面鏡子的外面哀樂？

鏡子（B）

照看外面空無一物

無晴，無雨
無男，無女
無聲，無色
無情，無義

鏡子坦開胸腹手腳，睡了一個大覺

這一組詩藉由人與鏡關係的反轉，重新闡釋了鏡子這個物品存在的意義。在一般情形下，使用鏡子的人永遠是主體，鏡子則是忠實反映主體形貌的客體。在詩中鏡子是主體，卻牽掛著原本的主體到哪去了；或者鏡子也會看看外頭，確定無人無事，既得悠閒，正好無牽無掛地睡大覺。意境再稍微深一些，比如本冊詩集中〈美的和諧〉：

〈美的和諧〉

昂首闊步——
做為一隻公雞
我是為了覓食還是餵了求偶？

絲瓜花架下
可不可以單純只爲了美的和諧？

公雞站在瓜架下的畫面是眞實的，這樣的畫面和觀看者會產生怎樣的對話？公雞漫步園中，不管是覓食或求偶都是合理的，而且也許牠的確這麼想。不過這些都是人的一廂情願，公雞又何曾告訴我們什麼？如果公雞理直氣壯，牠立在那兒就是爲了畫面的和諧，爲了展示一種美，又何嘗不可？要說理直氣壯，還有更甚的：

〈到你夢裡棲息〉

山那麼高，天那麼遠
樹葉那麼纖細而濃密
我怎能不泛著小舟
從淼淼的水裡到你夢裡
棲息？

要這樣，自然就是因爲那樣，還有什麼好說的？如果我們覺得前兩首詩隱約還有點兒道理，這一篇簡直豈有此理？前人論詩，追求的是「無理而妙」的境界，我們讀到這裡，可以說已經越來越接近了。

讓我們再談談王維。古典詩中寄寓禪理的最高境界，歷來公認出自王維，詩怎樣才能渾然高妙到「不滯空有」、「動靜如一」？說穿了其實非常簡單，此處列舉兩首詩作：

〈鳥鳴澗〉

人閒桂花落
夜靜春山空
月出驚山鳥
時鳴春澗中

〈辛夷塢〉

木末芙蓉花
山中發紅萼
澗戶寂無人
紛紛開且落

　　最簡單來說，就蘊涵最高深的理。理趣若是說破，境界不免稍低，孔子說：「天何言哉？四時行焉，百物生焉。天何言哉？」看王維這兩首詩，完全不見說理的痕跡，如果讀者能夠體會，即參悟到萬物共通之理。仔細分辨起來，前一首詩還有些人氣，後一首就更為純粹了。詩是一種藝術創作，通過詩人的詩心，又重新讓理趣作最簡單純粹的展現，不論對作者或讀者，當然都是有些難度的。蕭蕭詩詩中的「禪意」，筆者以為不乏此類特色。如：

〈與太陽相輝映〉

鼓著眼，股著鰓
股著圓滾滾的肚腹
我是遊走於水藻間的金魚
在透明的世界
黃金的鱗片與太陽相輝映

〈山壁二景〉

山壁（B）

沿著宏偉直聳的山壁，一隻小螞蟻
急急攀爬

要爬到何時啊？
太陽落了又爬升
要爬到何處啊？
甜味早已變苦

橫亙數十公里的山壁，一隻小螞蟻
慢慢攀爬

　　這樣的詩根本沒有情節，有人會懷疑，這也是現代詩？
當然，現代詩也可以不需要有什麼隱微的寓意、繁複的象徵，
一樣可以很閒適。金魚在太陽底下游牠的，山壁上若果真有螞
蟻，又豈是我們掛得了心的？我們的心只能「無住」，金魚螞
蟻的來龍去脈都是枝微末節，當我們看到圓滾滾的金魚，不但
類似太陽的體型，更能在瞬間反射出光芒；當我們突然驚覺山
壁多麼高大，螞蟻卻多麼微小，詩傳達給我們的就結束了。就
這樣？對呀，就是這樣，我們自問自答，也是重新體認原本就
是這樣的世界裡的一些驚喜，這也就是「理趣」。除了這兩個
例子，讀者不妨再留心找找，還有多少這樣的趣味靜靜在集子
中呈現。這些由深入淺、由淺而深的生活禪，正是蕭蕭詩作的
第二種趣味。

六

　　現代詩自從揚棄古典格律後，無時無刻不在尋求形式的改變，除了尾大不掉的格律陰影外，詩人們所做嘗試不可謂不多，前面談到的結合其他媒體，同樣可視作現代詩在形式上的超越。台灣也曾借用未來主義影響下西方前衛詩的技法、精神，如拼貼（collage）、諧擬（parody）等方式，創造出不少後現代風格的作品，這些實驗固然令人耳目一新，可惜由於缺少理論體系，又未有具體的策劃，加以顛覆性質頗強，影響力不免顯得薄弱，故現代詩的形式改革迄今未見規模。值得一提的是，「遊戲性」也是後現代創作的一種重要精神，運用視覺與聽覺效果，自由組合詩的形體，詩旨的意涵，往往也就不限於文字的排列，綜觀我國古代的璇璣詩、迴文詩、神智體，以及在台灣也曾頗受矚目的具象詩，隱題詩，無非具有遊戲性格，只不過是規劃較爲固定罷了。

　　蕭蕭另一詩集《凝神》，就可看做是自訂規則的遊戲，再加上有計畫的試驗，累積的數量十分可觀。這一系列相似的形式創作，無疑是在前途未卜的後現代大道外，另外開出一徑，這種「體制內改革」，很可以成爲現代詩界摸索形式的重要參考。

　　蕭蕭採取的方式是，分化某個觀念成爲兩類（大部分），或是三類以上。它們之間的關係既不是我們想像中的「二元對立」，更不是一個整體觀念的部分切割，作爲詩題的觀念本身，可以是詩組間的出發點、終點、交集點，也可能是解答詩組裡隱含疑問的關鍵。因此「分化」只是筆者權宜的說法而已，若用符號表示，我想應該不是是A：B的比較關係，也不是A—B的對立關係，而比較近似於A／B不分主從高下的共同存有。比如：

〈鞦韆兩架〉

鞦韆（A）
鞦韆盪過去
屈原投江未回，杜甫茅屋已破
東坡豬肉未熟，賴和墓草已枯
瘂弦新詩未譜，電腦網路已老

請問：
什麼時候鞦韆盪回來？

鞦韆（B）
鞦韆盪在半空中
那麼
精子射向哪裡？

　　這一組詩作的題目是「鞦韆」，不過我們怎樣也無法在詩中找到任何一架具象的鞦韆，這不過是一組借用鞦韆的命題。鞦韆擺盪，同時具有時間與空間兩個座標，第一個命題有關時間，還加上了一堆從古至今甚至未來的參數；第二個問題有關空間，再增加一個動體。兩個命題同時呈現，詩的意涵亦同時具足，參照前面討論過的詩趣，這當然也是鎔鑄（後）現代精神的「禪」。

　　更有意思的是，在《凝神》中我們甚至會發現似曾相識的形式語彙，比如在〈空與有三款〉中，不但有以「喂」排列成的回聲井，更有特大號的、近似圖像的大字，一個是中空的明體字「有」，另一個則是立體的明體字「空」，筆者不禁要

懷疑，這是不是蕭蕭刻意「諧擬」前衛詩的技法，一方面試試超越文字的表現能力，一方面也是開開前衛詩的玩笑？總而言之，不管是作者蕭蕭，或是初嚐這種新鮮的讀者，都可以玩得很高興，這就是蕭蕭詩作的第三種趣味。

七

　　談完三種似乎得費點神的「詩趣」，有人恐怕又要發愁了，「詩趣」的追索，難道非得靠這些所謂「導讀」什麼的不可嗎？其他的詩人也許很難說，可是如果你上過蕭蕭的課，聽過他的演講，或是看過他的書，就會知道大概不需要擔心，如果都沒有，至少我們都聽過幾個好玩的禪門公案吧，幽默本來就是種機鋒，懂禪的人不會不懂幽默，蕭蕭的詩既然跟禪意有掛搭，這種顯而易見的趣味自當不少。像下面這首詩：

〈英文六書〉

E是可愛的D——假借詩
E，就是伊
越頭做伊去
看著伊的背影漸漸消逝
跍在風中，我　我　我——
也變成風的一部分

別人有別人可愛的馬
我有我可愛的D
甘願家己漸漸消瘦
也要看可愛的D肥肥啊瀟
肥肥啊越頭做伊去

這首詩極簡單，不懂文字學的人也看得懂，用台語唸起來，E是伊的假借字，D是豬的假借字，配上歌謠的節奏感，台語、英文字母、文字學的結合，也能造出一首詩，這種語言上的趣味，雖然淺白，但效果立見，可算是蕭蕭詩趣中的第四種。

八

從頭說到尾，也許一開頭的第三個問題，答案已經呼之欲出了。如果你坐公車的時候看得見現代詩，在電視、電影、廣告看得到現代詩，唱的校歌也是現代詩，看藝術展附有相關詩作詩集，你高興、悲傷的時候，朋友也遞上一首詩；而不同的人、不同的時間、不同的場合，都可以從詩中得到抒發、慰藉，也能感受詩裡各種不同層次的趣味，這樣，你還會不會懷疑詩死了沒有？

朋友、學生知道我喜歡詩、也學詩，常常向我拋來各式各樣稀奇古怪的問題，我當下也都很想問問他們：「你知道羚羊是怎樣睡覺嗎？」我之所以有這種奇怪的聯想，都要怪宋代的嚴羽。

唐代以後，唐詩的格調就變成歷代詩人的精神堡壘，如何修習其境界，漸漸形成一種難以言傳的奧秘。嚴羽在《滄浪詩話》一書裡強調「以禪喻詩」，倡言「妙悟」。他說過一段話：「盛唐諸人惟在興趣，羚羊掛角，無跡可求。故其妙處透徹玲瓏，不可湊泊，如空中之音，水中之月，境中之象，言有盡而意無窮。」其它的倒是不難懂，就是「羚羊掛角，無跡可求」我讀到時怎麼都弄不明白，考察後才知道比較為大家接受的說法是，羚羊晚上睡覺時，會把角掛在樹枝上，然後再將身體捲縮起來，這樣地上就不會留下牠的氣味，藉以避開獵人或

其它動物的獵捕。

　　我不知道羚羊是不是這樣睡覺，動物園裡有那麼多種類的羚羊，好像也沒見過這樣睡法的，而且，天知道嚴羽說的羚羊是不是我們熟悉的羚羊。搞來搞去，我突然發現我滿腦子都是羚羊，不是詩。嚴羽的比喻只不過藉這個現象，比喻唐詩中理趣的隱微高妙，可是羚羊跟唐詩並無關係，我們為了要觸及唐詩，反而在羚羊怎麼睡覺的問題上傷腦筋。詩就在那裡啊，翻翻唐人集子不就有了？大家總對媒介感興趣，所以老愛問「詩是？」「詩是不是？」「詩有沒有？」「詩要怎樣？」假如詩就在這裡，還有什麼好問的？這跟一直好奇羚羊怎麼睡覺有何差別？禪就在這裡，再問，就得挨棒子了。

　　更何況，我們面對的就是一本飽含禪意的詩集。

　　蕭蕭是我的老師，老師要我這頭羚羊先出來跑跑跳跳，現在讀者要開始讀詩，羚羊也得掛角去了，前面這些腳印子，就讓它消失吧。

扛著「現代」與「後現代」
走向二十一世紀的詩人
──序《凝神》詩集　　　　　　　　　　羅門

　　寫詩、評詩與教學有年的蕭蕭，又是一位出身中文具有中國古典文學素養與基礎的詩人，因而在詩創作上，具有較優異的條件；於文字語言，與文思的運作過程中，都較為順適、順暢與順意，強化詩的可看與可讀性，並打開詩思向前發展的通路，確有好的效應。

　　詩集採用「凝神」為名，是經過審思、深思與有意圖的，也就是說詩潛藏著比「傳情」更高層次的「傳神」境界。而要達到「傳神」，就必須使思想進入深沉的靜觀內省結成「凝神」的精神狀態──就靈視的聚光點，方能將一切出神入化之「神」透視出來，基於此，作者相當高明以〈鏡子兩面〉一詩來做陳述：

〈鏡子兩面〉

鏡子（A）

發現對面是一片空　白
無物可照
那晚，鏡子開始懷疑

我，曾經存在嗎？

那些曾經在我心上喜心上怒的
如今又在哪一面鏡子的外面哀樂？

鏡子（B）

照看外面空無一物

無晴，無雨
無男，無女
無聲，無色
無情，無義

鏡子坦開胸腹手腳，睡了一個大覺

　　詩中以「鏡子」的靜觀、定視與全視，讓抽象的「凝神」在其中獲致具體存在的位置，這種藝術設計的確實度與精深度是十足的。至於「鏡子」移化為凝神的「自我」觀照時，究竟凝視出存在的什麼之神？這也就是隱藏在詩符號背後的奧秘──一面鏡子兩面觀兩面照，便觀照出作者（包括所有人）自我存在的兩種情境：
　　（A）鏡子開始發現「無物可照」的空白，懷疑自己「曾經存在嗎」？後又覺得自己仍存在於我之間的喜怒哀樂的變化中，這種情境推展到（B）鏡中「空無一物」的「無情、無雨／無男、無女／無聲、無色、無情、無義／」的全面清場式的出世的空無狀況。……都精巧的放影在同一鏡子的（A）（B）分光鏡中，奇妙的透視出人存在於有無中的詩境；尤其

彰化學

是在最後結尾的那句詩中，將「鏡子」擬人化的「坦開胸腹手腳，睡了一個大覺」，來不看不管一切的存不存在，這樣子對於「鏡子」來說，人與時空與它都是了無心事的一起睡了，留下的是一個相當精彩令人深思與「凝神」的存在的空境。

此外，（A）鏡詩中第一句的「空　白」兩字，本應是連住的，但作者蓄意分開，使「空」顯出它的空間感，使「白」除白入它純粹絕對的白，也白成特殊的色「空」，並同空間的「空」，雙向地拓展與強化空間的「空　白」效果，看來是深具構想的藝術設計；再就是作者在（B）鏡中，以硬邊藝術（HARD EDGE ART）手法，讓堅實簡要的語言線條與精確的輪廓，將偏重「內斂知性」非「外洩感性」的情思，分層建構成一個具有造型空間感與結構性的詩境，顯示出創作上新的思維──當東方空靈的無限感，納入西方空間觀念可見的實感與幾何型構，也是具有創造性的表現。

沿著上述的詩例，（A）與（B）兩種相對照的書寫形式，表現兩種存在情境所產生對比張力的反思效應，一連串寫下的系列詩作〈刷子兩把〉、〈山壁三景〉、〈醉酒二態〉、〈賴床二法〉、〈愛情二式〉、〈春蠶兩仙〉、〈虎威二式〉、〈晨露兩滴〉、〈九歌兩曲〉、〈鞦韆兩架〉、〈石頭兩粒〉、〈白雲雙飛〉……都可說是大幅度多面向地將人與一切內在存在的情景於審視的詩思中，建構起相對照與來回反思的新穎奇異的世界，而這世界是否在奇異中，令讀者感到驚奇，的確在最後還是跟在詩「意象」施放與投射的爆發力。至於後現代有人認為詩不要「意象」，我認為那樣詩會貧血甚至餓死。蕭蕭未做出了力證，譬如他在〈晨露〉詩中的「一滴晨露三萬六千面，面面攝入太陽，面面亮著太陽的閃光」，在〈醉酒（B）〉詩中的「醒來，二十一世紀的嬰孩」，在〈春蠶〉詩中表現春蠶吐絲前寫的「肚子裡的千山萬水萬水千

山，反復循探，胸腹間浩浩然八股正氣瀰漫」，乃至在〈鞦韆（B）〉詩中以「平塗」的白描直敍手法寫的「鞦韆盪過去……什麼時候鞦韆盪回來」的詩句中，都是無形中通過「意象」的潛流地帶，隱藏著可想見的意象活動空間，在暗示與質問人懸在「空」中的存在處境與去向。而非止於散文性的平白指意。

的確，詩永遠是靠高明的想像——即「意象」將埋在生命與事物深處不可見的奧秘與美挖發出來，在這方面蕭蕭顯有實踐的能力與探視的能見度；而且在「意象」活動「空間」的拓展上，更以「內造」空間的設想與形勢，來使其空間感，更爲加強與擴大，看來是具創意與藝術構想的，如〈換我喚誰？換誰喚我？〉詩中的「衣服閒閒垂掛在衣架上」、「從遠方回來的那人又去向另一個遠方」，這兩句詩，將第一句「（人穿的）衣服閒閒垂掛在衣架上」同下一句拉開；在拉開的「設造」空間裡，抽空存在的過程與景物；使展開成全空出來的無限空間，只留下（人穿過）掛在衣架上的衣服，遠遠「閒」看著「從遠方回來的那人又去向另一個遠方」，這種情景的畫面與造型，使我忽然想起世界一位著名雕塑家傑克美蒂，他將一些走動的人塑造在空曠的廣場裡，雖然都是人，但兩與手腳都朝向不同方向的遠方。這次乎都同是透過創作思想與作品符號所「內造」的更開闊的意象活動空間，來象徵暗示：人存在於茫茫時空中不定感與流變性。又這兩行詩雖拉開距離孤立成兩個世界，但作者以跨躍的聯想，架造起往來的空橋，可說是達成一項相當奇特的藝術工程。

當然在蕭蕭的詩中，仍是像其他詩人離不開賦比興的手法，也免不了在文字的符號中對人生提出某些暗示、啓示與警示，如在〈石頭（A）〉詩中的「風，東南來不一定西北去」，確是一句富於暗示、啓示與警示的令人深思反省的話。

本來在常規中，東來西去、南來北往，是理路，為什麼會出現反理路而行的現象？如果你去問跟著勢利東跑西跑的社會人，他會給你完滿的答案；或者你換一個方向，進一步去請教愛因斯坦相對論的存在思想，或者你留在〈石頭（A）〉詩中的「月亮不一定是／那顆會撞人心坎的飛石」，這句詩的意境中，將那些造成你內心敵對阻力的「石頭」，試著轉化與昇華成為「心坎的飛石」——「月亮」，也就是成為一種昇越與超脫的存在。……在這多向度的解讀中，可見蕭蕭的詩作，留有多種可能的想像空間；如果你進一步深入生命與思想存在的深層世界去追索，尚可在這首詩中，看出作者在面對「相對」的存在情境時，他不會像尼采對著阻力從「傷口」穿越出去，他大多從「窗口」去看緩和的雲，如何越過山。

談到此，我想調整論談的角度，因為在下面要談的是他自二元次詩組到三次元詩組到結構多元發展等系列詩，其中並滲有數字遊戲、大小文字圖象以及排列的文字陣營與英文字母為依據所製作的一連串富意趣的造型意象……加上表現形式的自由使用；題材用字的不受限制，無論是大自然的種種景物、古代的聖賢經典、西方的皇后、乃至甜不辣、老鼠麵、WC廁所等通俗字眼，都可以自由入座，這很明顯已涉及所謂「後現代」帶有結構顛覆性、遊戲色彩、拼湊、以及反常態與複製的詩風；因而也跨進超達達（SUPER-DADA）徹底、自由解放、無所不能的創作思想與精神的活動境遇；同時以偏於知覺性的思維與帶有形象設計（DESIGH）性的構想與意念，來重新對「詩語言」與「詩思」的行程行動與行色，做不同的規劃、包裝與操作，更是無形中加強後現代詩的色彩。

如〈空與有〉組詩中，以

兩字構成一首組詩,除從文字的筆劃可看出作者企圖表現存在的「有中之空」與「空中之有」的詩思,顯然是一首有含意的視象詩,也是一首圖顛覆解構詩體與反常規的後現代詩風的詩。至於其中的另一組:

我的心遂深成一口無底的井可以任十三經二十五史七十二賢人一○八條好漢以及他們的無辜

縱──落　落　落　落　落

喊一聲喂
竟有八萬四千個喂喂喂喂喂喂喂喂喂喂喂喂喂喂喂喂喂喂喂
喂
我應來回喂喂喂喂喂喂喂喂喂喂喂喂喂喂喂喂喂喂喂喂喂

我們除從詩中看到作者將「十三經二十五史、賢人好漢……」掉進心井時引發人存在於深遠時空的「有與無」奧秘與驚顫的回響,是有「形」的;尚可看到詩句排列形態的解構重組,如「落」字的間斷「複製」,表現不同的「有」往下掉落

→落→落，形成可見的視覺形象；而「喊一聲喂」的「喂」與「回應」的「喂」，更是彼此連續「複製」成不停地迴響的聽覺形象……這樣在詩語中所特別製造的「複製」行無，便也同時呈示後現代詩風的另一個常出現的特色──「文字遊戲」。

談到「文字遊戲」這從表面上看來，是件輕鬆的事，也是後現代詩創作被詩人愛用的一種手法；但在蕭蕭〈英文六書〉詩中所玩弄英文字母的遊戲，倒是有其認真與思考性的一面，不是那麼輕鬆的流於浮面化，而是將字母不同的形體與形象，經過透視，以設想與聯想，使之轉化入同「人的生命思想」與「大自然的生命景象」相互存在的畫面與結構造型，一起在不同的字母中，玩著有藝術觀念與生命思想深度的精明、非粗俗的遊戲。同樣的在〈飛天三式〉與〈癢之痕二〉兩詩中的每一行詩之首，部分都以同或不同的一個字，加上「，」逗點，成為每句詩的「領航」字眼，然後讓詩思各自定向出航，這顯然也是透過設計觀念與預想性「玩」的「單一字母」的藝術遊戲。

談到此，我想用較多的注意力來談他〈應無所住而生其心〉這首詩，因它是詩集中題材與思想面的廣闊度與用量都較大的一首詩；同時創作的企圖心與膽識也較大；運用的表現技巧也具多樣性與變化，包括現代詩一貫用的意符、象徵、超現實、立體觀念、內延化的形而上性，以及後現代著重的指符、平塗、解構、多元混合拼湊、複製、圖像、設計等，可說是全面動用所有能用的創作技巧與手段，因而這首詩，應是一首具大容涵與大工程建構的詩，也是蕭蕭帶有後現代詩風的一首具思想性與表現的重大作品，值得大家重視。在此我不做細部的解釋，只將突顯在我觀感中較特殊的重點部份拍攝下來：

（一）作者在詩中以「日出（非日落）條款」形式，將人與大自然的存在百態、變化無窮的內外活動景象，在細微、

深微、與精微的檢視中，分門別類的規劃進閃著不同亮光的各種詩思條款，一條條以不同（乃至變化的）阿拉伯數字與英文字母，分別標明，並順序串連、排列與連構起詩思多線道多面向的展場。看來近似層次分明的高層詩建築，也有如精心設計的有條理、景色交映的詩的林區。當組詩中的「其一」詩章，每一句開頭前二字都用「如果，」整首詩相連「複製」了廿五個「如果，」以「如果」的假設來一連串訊問出不同的存在形態、及其活動空間與奧秘奇特的情境；接著同樣在組詩的「其四」詩章中，也相連在十六句詩中相連「複製」了十六個的「笑」字，來分別笑出各種不同表情的生命存在與詩世界來，這樣的「複製」工作，在閱讀的感受上，都顯有強力的加壓作用與功能；再就是組詩的「其二」詩章，也用同一個「○」，「複製」了廿五個阿拉伯數字「○」與英文字母「O」，兩者的「○」都看成「零」的存在時，世界與一切事物便有「日出條款」中，一一從「新」的起點出發，一同進入詩思多層次的奇異航程與疊景；同時在數字與字母所列出的那許多詩思「日出」的新穎條款，作者更以拼貼藝術〈COOLLAGE ART〉手法，一一將它們貼成詩新異可觀的航程藍圖；像這樣巧妙的「拼貼」加上傳統古詩乃至八○年代的新詩從未有過的「複製」技術以及詩中意符的連鎖斷裂，出現各自孤行，各得其所、沒有統一性與規範的游離情況……此刻，我們如果說蕭蕭這首詩顯已有後現代詩風，應是有確實依據的。

　　（二）這首詩將存在於古今中外、地球、大自然、宇宙，以及物理、生理與心理空間的各種物體景象，乃至抽象的文化、文學、哲學、人生觀、自然觀、宇宙觀、歷史、政治、宗教與出世入世等思想都盡可能容納進來，構成這首詩創作中相當浩大的題材庫。除了使這首詩有豐富的思想資源，也可見作者的創作思想已充份用上後現代的「解構」觀念，打破框限，

使一切完全自由進出作者開放的詩思空間，而無所不能的去開啓與建造起這一具都大架構大景觀的詩思世界。

（三）這首詩雖然表現形態有後現代的詩風，但思想層面卻存在著並非完全一致甚至有相悖現象而引發值得重視的反思空間，那就是：

（1）在後現代被商業文化所帶動流行性的浮面、薄片與淺盤式的思想面相中，蕭蕭這首詩幾乎每一句都具內在的思考性，呈示「厚片」與「深盤」的思想負荷力，仍應是繼續受詩神厚愛的部份。

（2）由於物質化、形象化、影像化的後工業文明景觀，侵占人的生存現場，不斷的直接「指稱（指符）」，取代了內化、深化、演化的形而上內心世界，做分析與知解的指意（意符）；於是形成後現代詩「起落板」式的存在情況時，似乎向外陳述「可見」的世界偏高，向內化解「不可見」的世界偏低，可是在蕭蕭這首具有後現代創作風貌的詩中，仍堅持詩思的內在性意涵與深度，乃至「意象——意符」所意指的某些含有哲思的形而上性。如「碎不碎都象徵人生閃爍」、「缺口傷口都能保持相當時間是活口」、「如果是風聲　曠野向曠野猛撲猛撲過去」、「我在二十世紀愛妳妳在二十一世紀等我」、「你是滾滾濁流一片未題詩的紅葉」、「你是喊一次就消逝在風中的激昂口號」、「你是悲傷的石成為杜十三的玉」、「你是夕陽餘暉裡的雲翳雲翳裡的霓虹」、「溪流接受頑石的愛撫回饋以音樂」、「頑石接受溪流的愛撫回饋以哲學」、「大地接收屍體的腐臭回饋以滿山遍野的花香」、「雁過寒潭不留影」、「船過水無痕」等這許多詩句，都是在「指符」的直接指陳中，仍存有「意符」的非直接的潛在旨意，於反向留住詩一向所厚愛的「言外之意」與「弦外之音」，而這部份的特殊收益，正式詩與藝術的主要需求。

（3）這首詩在構想中，沒有定點、沒有中心、沒有必然性，在自由中施放出「各說各的、各走各的」的近乎「獨行俠」的詩行，看來像噴水池與煙火任意噴射出無數亮開來的水柱與光柱，展現出自由叢生、「集中」又各自「散發」入不同向度的存在，帶來後現代詩在反思中該不該有發展的統一「中心」與「定點」，提出具有正面意義的思考空間與問題——沒有「中心」，世界便無法「歸納」；一有「中心」，世界便「演釋」不出去；沒有「定點」，便有岸便得停下來。於是在該不該有之間，這首詩便留下來回反思、彼此相化解的持續存在空間，去面對創作新的可能、新的觸及、新的發現與前景，是值得深思的。

（4）這首詩揮灑出無數的詩行，每一行想必都經過作者一再精心的思考與確定，但事實上，彼此間似乎仍存在著它的不確定性，那就是其中可抽出一些不夠精確的，更換或加進一些更精確的。這情形正是後現代詩容有意象連鎖的斷裂情形，所給的自由裁量空間，使詩思可任意任放的進出與自由的組合拼湊，看來有其順向的可為性，但也有其在反向思考中出現全面性的協和與融合問題。因而給後現代詩又提供一次反思的效益。

從以上所引發的四種反思，便的確使這首具有多面思想容涵與大企圖、大架構的重要詩作在研討的論談過程中，更突顯它的重要性——為後現代詩新的創作思維、動向與藝術包裝形式，在創作過程中留下反思空間，去做必要的檢驗、考量與調整，而對詩的向前發展，顯然具有建設性的正面效果。

經過對整本詩集進行概略的觀察過後，我的總體觀感是：

（一）蕭蕭是有思想強度、語言功力、想像豐富、有藝術策略與運用多樣性技巧表現的優秀詩人。

三・羅門／扛著「現代」與「後現代」走向二十一世紀的詩人・

（二）這本詩是隨帶著「現代詩」具有內延性與深度的思想資源，進入「後現代詩」新的工業區，去創建與經營確有實力基礎與內部強化的「後現代詩」的可觀的新廠房，出產新穎的詩產品，是有創意與情景的。

（三）這本詩排除以往詩中的浪漫抒情，融合了知性、理性與悟性以及那來自學識、觀念與經驗等，來建構起一個偏於冷靜、內斂、耐思、耐看撒想型詩境，且閃動著哲學玄想與禪意之光，卻是具有高度的詩思特色的。

（四）在這本詩中，蕭蕭呈現出超乎一般詩人所無法掌握的宏觀與微觀的思想能力，便使他能同時經營詩的輕工業與重工業，充份表現他確實的創作實力，是可貴的。

（五）隨著目前潮流傾向於「觀念藝術」的思維模式，蕭蕭在「觀念」中，所展現的帶有設計性構想的詩思與語言活動的廣闊空間，所顯示的繁複、豐富感與多變化的情景，是可觀的；如果能在詩語言活動的流程及帶動詩思的感應磁場時，再度加強詩語言的吸引力、誘動性與亮度，想必能激發出更強有力與壯觀的詩世界。

最後我在百忙中，為蕭蕭在蛻變中突破他自我創作的生命，邁進新的境域與未來，寫此篇序言，除了對他三十多年來努力的成果致意，也祝賀他的新書出版成功。

蕭蕭詩作的主題意涵

林毓均

　　詩人的創作主題可以呈現出詩人心靈以及其最深切的關懷層面。蕭蕭曾自述其寫詩的理想為：「詩緣情」（從無情無思到有情有詩）→「詩言志」（從有情有思到有物有法）→「詩無邪」（從有方法到無不可用的方法，從有境界到無不可入的境界），即《金剛經》上所說的「應無所住而生其心」。總結其詩觀為「空　白」，其禪味十足、涵義深遠，這是蕭蕭詩作主題的特色。以下將分成三個小節來討論蕭蕭詩作中常見的主題意涵：分別是「生命的關懷與體悟」、「禪與詩的對話」、「詩中的趣味與幽默」。

一、生命的關懷與體悟

　　蕭蕭的詩作中多有抒情、言志之內容，從其中亦可觀察出其詩風、心境之轉變，及其關懷層面的擴大。本節再分三點討論之：分別是「個人心境的轉折」、「社會現實的關懷」、「自然鄉土的眷戀」。

（一）個人心境的轉折

　　蕭蕭早期的詩作多寫個人心境的轉折與委屈，呈現出其對生命的體悟，《舉目》[1]、《悲涼》詩集中所收錄的詩作多屬

1　《舉目》一書已絕版，然而其中的所有作品，全部被收錄在後來的《悲涼》詩集中。

於此類。如〈冷〉一詩：

花色隨暮色，漫天漫天
而暗

在淒寂的風中
翻轉化泥成土，沒全身而入
入泥入土
堅持，不循根
不入莖

不從粗枝大葉中旋飛
不使自己在眾裡叫出一聲

冷[2]

在此詩中，作者以花色來比喻自己，當花朵從絢爛轉為枯萎，甚至是黯然凋謝化為泥土，儘管在淒寂的風中（困阨的環境），卻仍能以高傲之姿獨立眾裡，重新向上生長。「不使自己在眾裡叫出一聲／冷」，是作者自己心靈的投射，即使環境再困阨、再艱難，也絕不屈服！

又如另一首詩〈孤鶩〉：

是
漸
漸

2　收錄在蕭蕭：《悲涼》〈冷〉（台北：爾雅，1982.11），頁29-30。

凄
清
的
我

路之最遠的那點，雲天無言無語落下
門關著。[3]

　　本詩的第一段，作者利用一字一行的排列，形成時間上徐
緩的節奏，暗喻孤鶩（作者）徬徨無助的心境；而此一字一行
的排列，也似乎暗示了天空的無邊無涯（空間），而此孤鶩卻
凄清飛行，不知何枝可依，何處可棲的茫然感。接著的第二
段文字排列卻與首段迥異，文字垂直排列兩行，即戛然而止，
彷彿是那隻孤鶩已飛到了天的盡頭，卻吃了閉門羹，連雲天都
無言地落下，不肯相伴；天地悠悠，卻無容身之處。透過時空
的交互轉換，更能體驗出其無助與無奈的心境；透過孤鶩，作
者描述出生命的孤絕，表現人生的無奈與堅持。
　　再看〈悲涼〉一詩：

坐在風中
我逐漸醞釀一股悲涼，悲涼的
情緒

山色水聲，悄然引退
原野與風一起
消失

3　蕭蕭：《悲涼》（台北：爾雅，1982.11），頁5-6。

我垂下眼簾
讓淚包含所有的吶喊
無聲，滴落[4]

　　這首詩主體仍然是我（作者），寫在人生路上的踽踽獨行，當眾聲喧譁之後，萬芳落盡，我只能孤獨、無言地承擔這些悲涼的感受。

　　在《悲涼》詩集中尚有幾首詩也有同樣的心境描寫，如〈渴〉：

東南去一隻西北來的雁，在
漸漸不是雲的
·
天
·
空
叫著

緩緩沒落
一些憂鬱的啼聲
直到亮起了另一隻
東南去的憂鬱……[5]

　　詩題「渴」字，對應詩的內容來看，似乎可以感受到作者在渴望著人生路上的同伴，而且是志同道合的夥伴。

<hr/>

4　蕭蕭：《悲涼》（台北：爾雅，1982.11），頁70。
5　蕭蕭：《悲涼》（台北：爾雅，1982.11），頁3-4。

再看另一首詩〈深〉：

天空一直就在那兒
空
著
……
起初真的有些樹聲
一
絲
絲
雲
‧
而後是斜斜的鳥鳴翳入空中
雲斜斜翳入空中
而後
閒著一支──孤單的水仙[6]

　　水仙的花語是自戀，也是自信。天空至深至廣至大，除了
一點點的樹聲、鳥鳴聲，以及一絲絲雲的經過、然後隱沒，什
麼也沒留下，獨留一支孤芳自賞的水仙花。此詩寫的仍是作者
的孤獨與堅持。
　　到了〈飲之太和〉四首之三時，作者的心境顯然有些轉
折：

我以驚喜望花
花以寧謐看我

────────
6　蕭蕭：《悲涼》（台北：爾雅，1982.11），頁11-12。

我以寧謐看花
花以寧謐看我
我以寧謐看花

花，默默萎落[7]

　　此時，詩人的心境顯然有了轉變，不再感覺清冷、孤絕、孤芳自賞，而是能與大自然相諧，即使見到「花，默默萎落」，也不再有自傷之感，而能以驚喜、寧謐之心融入大自然。

　　又如〈花叫——喜雨之二〉：

所有的冷與冽
凝成小小的一滴
那小小一滴點就滴在眉睫間
沿著臉頰順著嘴角，直入
久不開啓的心底

我緩緩舒開
三萬六千瓣花葉
全身感覺那一滴點的冷冽
多像昔日你忍不住的激動
竟然停在眉睫間
盈盈者淚也。[8]

　　就因爲一滴凝結了所有的冷與冽的雨滴，理直氣壯地滑入

7　蕭蕭：《悲涼》（台北：爾雅，1982.11），頁96。
8　蕭蕭：《悲涼》（台北：爾雅，1982.11），頁101-102。

了作者久不開啓的心扉，展開了三萬六千瓣花葉（三萬六千個毛孔），去感受那蓬門今始爲君開的激動與悸動，因此而喜極涕下。不同於〈孤鶩〉、〈悲涼〉等詩的淒寂、無奈之感，作者已能從物我合一的對照之中，轉出另一番天地。

（二）社會現實的關懷

蕭蕭的第二本詩集《毫末天地》，收錄的詩作由一九八二年至一九八九年止。在這段期間，台灣社會經歷了許多重大的政治、經濟方面的改革，尤其是政治上的解嚴，更是對兩岸關係的開放，對於台灣人民的衝擊不小。因此，蕭蕭除了延續第一本詩集《悲涼》裡的小詩表現手法之外，詩人的關注層面已由自我內在的探討，轉而對外在現實有較多的關注。詩人「企圖以詩作渺小的身軀去對抗歷史龐大的苦難，彰顯當代台灣的不幸。」[9]

台灣的歷史的確是充滿了苦難：歷經了西、葡兩國的統治後，回歸清廷的版圖；卻又在中日甲午戰敗所簽訂的馬關條約中，將台灣割讓給日本，被殖民了五十年；好不容易八年對日抗戰勝利，終於光復了台灣；不久，卻因大陸淪陷，國民政府遷台，不同的政治制度，造成兩岸人民長達四十年的阻隔。而同樣是身處在台灣島上的同胞，近年來卻又因政治立場的歧異，而紛爭不斷。

政治的分隔造成兩岸的分隔，也造成了許多當時跟著政府來台的年輕小夥子的命運悲劇。如〈榮民〉[10]、〈那個大陸與另一個大陸〉[11]、〈探親〉二首[12]、〈只有老兵能〉[13]、〈台

9　張默：〈垂釣古今話蕭蕭〉，《緣無緣》（台北：爾雅，1996.3），頁3。
10　蕭蕭：《毫末天地》（台北：漢光，1989.7），頁11。
11　蕭蕭：《毫末天地》（台北：漢光，1989.7），頁38。
12　蕭蕭：《毫末天地》（台北：漢光，1989.7），頁39-40。
13　蕭蕭：《毫末天地》（台北：漢光，1989.7），頁54。

胞〉[14]、〈與妻訣別書〉[15] 等詩,皆寫出了屬於這個時代的悲劇。如〈與妻訣別書〉一詩:

> 玉英卿卿如晤:
> 為國為民為黨
> 從大江南北我來到了台南台北
> 從三十八年我挺到了七十八年
> 一張薄薄的戰士授田證留給你
> 總會變成厚厚的可耕的土
> 你一定要信賴我們的國我們的民
> 林榮民絕筆[16]

詩人運用〈林覺民與妻訣別書〉一文的形式,寫出了榮民為國為民為黨,拋妻棄子,來到了台灣。辛辛苦苦的熬了四十年,只有一張政府允諾的「戰士授田證」留給家鄉的妻子,直到臨死前都還深信著會分配到「厚厚的可耕的土」。活現了大時代的悲劇及反諷。

另外還有〈只有老兵能〉一詩:

> 只有你能一掌劈開中央/山脈
> 蜿蜒蜿蜒,引歷史走進大塊山水
> 只有你能雙腳走上街頭,露宿
> 街頭,回味大江南北、鋼盔草鞋
>
> 只是你不能——一掌劈下去

---

14 蕭蕭:《毫末天地》(台北:漢光,1989.7),頁87。
15 蕭蕭:《毫末天地》(台北:漢光,1989.7),頁101。
16 蕭蕭:《毫末天地》(台北:漢光,1989.7),頁101。

戰士授田證，薄薄的一頁
無田無山無水。也——
無淚[17]

　　一九四〇年代末期，許多跟隨國民政府來台，誓死效忠國
家，光復大陸國土的反共抗俄英雄，他們付出一生的歲月給國
家。於是，在一九五〇年的十月五日，立法院三讀通過「反共
抗俄戰士授田條例」，凡是參加反共抗俄戰爭滿二年的三軍戰
士，都可獲得每年出產淨稻穀兩千市斤的土地一片，這就是所
謂的「反共抗俄戰士授田條例」。政府原本的用意是反攻大陸
以後，就發給這些英雄們戰士授田證，讓他們退休下去有個職
謀、生活。不過，反共抗俄並未成功，戰士授田當然也只成為
一塊大餅，即使一九九〇年開始發放津貼，卻也難以買回他們
為國家付出的一輩子青春，以及晚景淒涼的孤獨。
　　一九八七年七月十五日，蔣故總統經國先生盱衡當時臺灣
島內政治情勢，在當時的時空環境下作了解除戒嚴令的決定，
允許人民回大陸探親；開放黨禁、報禁等，結束了長達三十八
年的戒嚴時期，恢復人民少部份憲法所賦與的權利。影響所
及：黨禁、報禁開放，新媒體成立，各種集會遊行與抗爭活動
風起雲湧。如〈解嚴之後〉：

鐵蒺藜
從海邊
湧向街口

錄影機

17　蕭蕭：《毫末天地》（台北：漢光，1989.7），頁54。

從街口
辨認人頭

有些石頭靜靜坐在咖啡杯裡
有些木頭默默走過[18]

　　解除戒嚴令，是大多數臺灣人追求民主的渴望，也的確使得臺灣的民主往前邁進了一大步！然而，在邁向民主國家的路上，國民的政治素養夠不夠，以及在面對政治話題時的反應與作法，都可能造成社會的動盪不安。這首〈解嚴之後〉，便寫出了政治開放之後，人民勇於發表自己的聲音，激進者的街頭運動，引來了更多的警察、鐵蒺藜（障礙物）、錄影機，甚至是警民衝突的刑事案件；而那些「石頭」、「木頭」則比喻為其他或是對政治冷漠者，或是對於激進的街頭運動方式不表贊成者，既然無力改變，只好冷眼旁觀。這首詩其實也寫出了現代多元社會裡，國民對於政治事件所持的不同意見及做法。

　　在臺灣有為民主、民權而發起的街頭運動，大陸也有青年學生所發起的「天安門學生運動」[19]：

〈殷紅的血真的流在天安門〉

人民解放軍的機鎗追殺人民
人民解放軍的坦克輾過人民
中國人屠殺中國人

18　蕭蕭：《毫末天地》（台北：漢光，1989.7），頁42。
19　「天安門學生運動」簡稱「六四」，是1989年4月15日至6月4日間及其後一場發生在中國大陸的政治事件，以大規模的學生、民　的遊行和示威運動開始，但是學生團體和政府之間在交涉中未能達成共識和政治妥協，最後政府召集軍隊以武力鎮壓，造成若干市民和學生死傷而告終。

血，殷紅地流，留在天安門廣場
淚，慘白地流，留在民主無望的心上
中國人的血淚爲中國淚血

民主的血爲什麼總要留的如此悲壯？
中國人的命爲什麼總是如此卑微？[20]

　　十七年前，原本是一場悼念溫和派胡耀邦的活動，演變
爲愛國青年學生的要求自由民主開放改革，因爲大陸當局的拒
絕與學生對話，學生不肯撤出天安門廣場，最後大陸政府竟派
出軍隊和坦克車對付手無寸鐵的學生和人民。全世界目睹了這
一場悲劇：中國人屠殺中國人，天安門廣場變成了人間煉獄，
民主希望變成了幻影！這首詩的第一節紀錄了當時慘案發生的
情形，雖只有短短的六行，卻再次撼動了讀者的心；第二節只
有兩行，卻是詩人，也是大多數中國人心中共同的吶喊！中國
的民主歷史太短，當權者的封建思想難除，以致於人命卑微、
邁向民主的道路坎坷，要用多少烈士的血，才能換來眞正的民
主？

　　解嚴之後，鄉土意識、鄉土文學開始受到重視，但是蕭蕭
發現自己似乎又陷入另一種寂寞之中——年輕的耽於科幻型的
夢魘，年長的回大陸沉迷山水自慰。[21] 如〈寂寞〉：

滾鐵環的腳步聲，遠了
躲避球的吆喝聲，遠了

20　蕭蕭：《毫末天地》（台北：漢光，1989.7），頁114。
21　蕭蕭：〈一萬種寂寞（代序）〉，《毫末天地》（台北：漢光，1989.7），頁
　　3。

> 車水馬龍環繞著MTV
> MTV,聲嘶力竭
> 環繞在我的四周[22]

　　短短五行,寫盡了現代青少年的娛樂,已由當年在大自然裡的滾鐵環、躲避球等活動,躲進了充滿聲光效果的MTV。一群人躲在一個小房間裡,面對著電視螢幕傳送來的情啊愛的歌曲、或是哀怨的台語歌曲,為賦新詞強愁的,這是現代人的另類休閒。

　　又如另一首〈世紀末台北人〉:

> ㄇㄤˊ[23]

　　整首詩就只有這一個注音,描寫世紀末台北人的情況。「ㄇㄤˊ」,寫成國字,可以是「忙」、「盲」、或「茫」。寫現代人每天「忙」的像個陀螺,轉個不停,卻又不知為何而忙?到最後,沉溺於名利追逐、聲色犬馬之中,忘了好好地省視一下自己,連心眼都「盲」了。對於自己的人生意義為何?也只是「茫」然以對吧!蕭蕭觀察細膩,將大多數身處於都市中人的無奈心聲,用一個「ㄇㄤˊ」字就道盡了,真可謂一針見血!有一首流行歌曲〈忙與盲〉也同樣說出了現代人的境況:

> 許多的電話在響　　許多的事要備忘
> 許多的門與抽屜　　開了又關　　關了又開如此的慌張
> 我來來往往　　我匆匆忙忙　　從一個方向到另一個方向

22　蕭蕭:《毫末天地》(台北:漢光,1989.7),頁8。
23　蕭蕭:《毫末天地》(台北:漢光,1989.7),頁66。

忙忙忙　忙忙忙　忙是為了自己的理想　還是為了不讓別
人失望
盲盲盲　盲盲盲　盲的已經沒有主張　盲的已經失去方向
忙忙忙　盲盲盲　忙的分不清歡喜和憂傷　忙的沒有時間
痛哭一場[24]

　　每天在街上看到來來往往的人們，東南來不一定西北去，
究竟忙什麼，為誰而忙，忙的有無意義？這是現代人的迷思。

（三）自然鄉土的眷戀

　　蕭蕭生於農家、長於農家，幼年時家裡的開銷全靠微薄
的種田收入來支應，也因此對於農家的辛勞，蕭蕭比誰都要清
楚。他早期有〈田間路〉組詩一輯十二首，寫出他的田園之
情。如組詩中的第二首：

　　〈丑時・夜巡〉
　　爸爸披著外衣就跨出門
　　說田裡的秧苗在夢中呼喊他，像我們一樣
　　又飢又渴
　　我披著外衣隨爸爸出門
　　流浪的北風也怕冷，哭著要體溫
　　鑽向我們單薄的，真皮的
　　肌膚裡
　　我和爸爸抱著北風，北風抱著我們

24　主唱：張艾嘉，作詞：袁瓊瓊／張艾嘉，作曲：李宗盛，編曲：陳志遠《張艾
　　嘉忙與盲》，1985.3.27。

冰冷就這樣從腳底一直住在我心中[25]

農民的辛苦可見一斑。冬夜裡，眾人皆好眠，農夫卻要披衣而起去巡田水，將田裡的秧苗視如自己的兒女，人和土地的感情是如此地緊密！在這樣寒冷的夜裡，父子倆頂著刺骨的北風，縮著身子，彷彿和北風互相「擁抱」著。這裡將北風擬人化了，說它「怕冷」，其實是人怕冷；「哭著要體溫」，其實是人渴望溫暖的冬衣，無奈只有單薄的衣服，難怪冰冷的感覺一直深刻印在詩人的心中。蕭蕭自己也曾經說過：

> 從天到人的關心，從人到地的熱愛，我有著很深很深的冥合為一的觀念。寫〈田間路〉，因為自小就從阡陌之間站起來，走過來，難以忘懷沒有玩具的童年，泥土，一大片一大片的稻野，父親黝黑的臂膀，讓我獨自飲泣的竹林，……。舉目，心不能不有所思。[26]

蕭蕭自述對天地的關心，對鄉土的熱愛，不只是天人合一的傳統，更因為泥土裡有著所愛的親人的努力痕跡，以及童年時代的酸甜記憶。

除了對鄉土田園的熱愛，對於生活週遭環境的保育，蕭蕭也是保持著高度的關心。如〈紅塵荒野〉一詩：

> 所有的腳印隨著風
> 所有的風隨著記憶
> 所有的記憶都像過往的腳印迎向一陣風
> 虎虎而過

---

25 蕭蕭：〈田間路〉《蕭蕭・世紀詩選》，頁3。
26 見蕭蕭：〈作者後記〉《舉目》，（彰化：大昇，1978.6），頁110。

——留下我
二十個世紀過去了
茹毛飲血的腥味淡了
粗獷的歌聲遠了
腳步齊了
虎虎而過
——紅塵裡留下我
他們都要去追逐什麼，掠食爲何，攫捕怎樣
留一個無可如何在我雙手
——留下我
不是樹被砍走了就無所謂森林
（我們在水泥森林裡）
不是昆蟲被驅離了就無所謂唧鳴
（我們在耳鳴腦鳴的車陣裡）
不是沼澤被填平了就無所謂橫／絕／割／斷
（我們在冷／漠裡）
不是你，就是我
只容許留一個（頂多是）
影子
荒野一直在擴大，人一直在減縮
——留下我，一個活口——一個藉口[27]

　　這首詩寫出了人類破壞自然環境，不再有林木鬱鬱，只
有灰色的水泥叢林；不再有蟲唧、鳥鳴、蟬嘶等大自然的天
籟，只剩下震耳欲聾的車聲、機器運轉聲；沼澤湖海幾乎被填
平，架起了一座座聯絡溝通的橋樑，但人與人之間卻似乎越來

27　蕭蕭：《緣無緣》（台北：爾雅，1996.3），頁25-27。

越冷漠了；所謂的野生動物，以後將只能在動物園或標本室裡才能看到。環境保護是世界各國共同擁有的問題，許多開發中國家為了提升經濟水準，積極地發展工業，在此過程中犧牲自然生態是必然的，但是到最後受害的還是人類自己。試看近年來大自然帶給人類的災害，不正是人類自食惡果嗎！

蕭蕭在《皈依風皈依松》詩集裡的詩稿，是一九九六年至一九九九年間，蕭蕭應各方要求所撰的詩作，可說是實用性高過於藝術性。其中〈皈依紅塵〉一輯，是蕭蕭對現實生活的省思，呈現出詩與現實生活的融合；〈皈依台灣〉一輯，是為公共電視台「我們的島」生態節目所寫的詩作，為邁向海洋台灣、生態環境保育而發出的聲音。

在〈皈依台灣〉一輯中，有多首詩寫出了台灣面臨的生態浩劫，如：〈白化的海底花園——哀珊瑚〉，台灣的珊瑚礁大多分布在綠島、蘭嶼、小琉球、澎湖群島這些離島，以及本島的恆春半島、東北角、東部海岸的三仙台等地，因為河口附近很容易因為河水沖刷，帶來過多的沉積物，使得附近海水混濁，泥沙含量太高，而不適合珊瑚生存；因此唯有在離島或沒有河川出口的海域，才適合珊瑚礁的形成。但由於海水的污染，使得珊瑚白化，往日美麗的海底花園景象已不復見。

〈還沙——海埔新生地的迷思〉、〈淪陷——為沉沒的土地而寫〉這兩首詩則寫沿海漁民抽海砂填海造陸，抽地下水從事養殖漁業，賺錢的榮景是一時的，但抽空的海砂坑、地下水層，用什麼去補？何時去補？詩句所透露出的訊息令人深思：

〈還沙——海埔新生地的迷思〉
…………

抽了沙，留下大坑
誰去填補抽空了的沙坑？

不知哪一代子孫
要以滑陷的地層償付？
（而他們仍然抽沙填海造陸）

還君明珠
總是雙淚緊緊相隨
還七千四百萬平方公尺的海沙
需要多少億的眼淚珍珠？
（而他們繼續抽取沙的脊髓造陸）[28]

〈淪陷——爲沉沒的土地而寫〉
……
每年十五公分下沉
三代以前先祖的墳塋
每年十五公分下沉
我們已經可以摸到自己的屋簷
每年十五公分下沉
百代以後子孫的生計
每年十五公分下沉
睜不睜眼都在汪洋一片水澤裡
每年十五公分下沉下沉[29]

「每年十五公分下沉」，作者有意的漸次向下排列，除了呈現出地層下陷的嚴重程度之外，也表達出養殖業者生計、環境品質每況愈下的情形。西元一八五四年，原本在華盛頓州普吉灣島嶼中的印地安人，被迫接受白人的合約，遷往印地安保

---

28 節錄自蕭蕭：《皈依風皈依松》（台北：文史哲，2000.2），頁150-151。
29 節錄自蕭蕭：《皈依風皈依松》（台北：文史哲，2000.2），頁152-153。

留區時，西雅圖酋長曾發表了一篇著名的宣言，內容提到對於白人買賣天空、土地，獵殺動物、砍伐數木，甚至污染河川等的行為，感到無奈與不解，曾經做了沉痛的預言：「白人若繼續污染自己的床鋪，有一夜將會在自己的穢物中窒息。」今日許多由於人禍所造成的全球性天災，或許可以說明這些，有識之士可不引為警惕？

二、禪與詩的對話

　　蕭蕭自言喜歡現代詩，因為詩在簡短的文句裡，給讀者很大的想像空間。而詩裡面有一些是有禪理的，在中國的古典詩歌中，蕭蕭最喜歡王維的作品，他有一些絕句寫大自然的花開、謝落，將那種空靈幽靜的境界很貼切地表達出來。[30] 如〈辛夷塢〉：「木末芙蓉花，山中發紅萼。澗戶寂無人，紛紛開且落。」又〈鳥鳴澗〉：「人閑桂花落，夜靜春山空。月出驚飛鳥，時鳴春澗中。」王維詩中愛用「靜」、「澹」、「遠」、「閑」等字眼，還有「禪」、「寂」、「空」、「無生」等佛家用語，用靜定從容的閑適心情，去觀察大自然，抒寫於筆端。正是由於他常以一位禪者的目光覽觀萬物，才使他的詩有了一種清淨靜謐，禪韻盎然。盛唐詩人王維的詩境就是蕭蕭期望努力達到的方向。

　　　〈與王維論禪〉
　　　我們垂著長眉對坐，松林裏
　　　只有清泉細細
　　　裊裊，灰白的髮絲迎風披散
　　　一本輞川集尚未翻開

30　陳子帆紀錄：〈蕭蕭talks with曹又方〉，《金色蓮花·佛學月刊》第51期
　　（1997.3），頁13。

三兩片花瓣先已順著衣襟
飄落
我，正待開口

想起上次論辯的内容，細細
裊裊，不外乎眼前焚出的一縷清香
還煩勞明月佇足
相候
我，如何開口？[31]

〈與王維論禪〉第一節是作者想像與王維在松林裡對坐，兩人垂著長眉，微風吹拂著灰白的髮絲，面對著清泉、飄落的花瓣，正該好好地賦詩抒情，蕭蕭卻言「我，正待開口」；又想起上次論辯内容，如清香細細裊裊，耐人尋味，還有明月駐足相候，這時的「我」何必再執著地探索物之本質，所謂「此中有眞意，欲辯已忘言」，言詞的功用本在於達意，既已得意就不再需要言詞多做說明，所以作者說「我，如何開口」，忘言的境界才是眞正的禪啊！這正也是「與王維論禪」的眞正内容。

蕭蕭喜歡寫作有禪理的詩，詩作以簡潔凝練的意象取勝，能予人禪境的靜謐、禪悟的喜悅。至於詩與禪有何關聯：

蕭蕭認爲禪與詩在創作與體悟上，有兩個相類之處，一是「截斷」二是「無用之用」，「禪在給人某一個情境時，常會忽然截斷，在這個截斷的空間裡，反而讓人觸發新想，悟出新機，詩也一樣。」[32]

---

31 蕭蕭：《悲涼》（台北：爾雅，1982.11），第85-86頁。
32 潘寧：〈訪蕭蕭〉《普門》第234期，頁51。

　　詩最重要的就是「含蓄」，不可說盡，而「截斷」的手法，便是文詞敘述到某一段落實，突然句勢一轉，看似接得突兀，其實仔細思索，便可發現其斷而後連的脈絡，而後迴旋出許多豐富深刻的想像空間。

　　形式短小的詩，或是由短詩合成的組詩，是蕭蕭慣用的創作形式。他自述寫小詩的動機：

　　（小詩）是東方文化的自然期求與特徵，日本、印度、古中國，無不如是。……寫詩的過程，有時苦心經營，有時妙手偶得，往往因為體製小而更能琢細磨光，積極掌握詩的特質。是小詩就該是好詩，因為它自動過濾了雜質，純淨了自己。[33]

　　小詩的短小精緻，再加上受到傳統律絕的影響，蕭蕭認為詩就該令人覺得言有盡而意無窮，句可絕而意不絕，少少的語字，蘊含足以覺人悟人的思理，就像小小的鑽石可以光芒無限，小小的偈語可以震撼無名的心。[34] 所以，蕭蕭喜歡寫作有禪理的詩，詩作以簡潔凝練的意象取勝，能予人禪境的靜謐、禪悟的喜悅。

　　但蕭蕭所謂的「禪」，並非是宗教信仰上的「禪」，也不同於周夢蝶將「禪」當成高深藝術境界的寄託，而是對現實生活做不同角度的觀照，在靈巧的思辨中展露機鋒，是一種時時與萬物保持對話的情趣。[35] 例如〈緣無緣〉一詩：

33　蕭蕭：〈詩、小詩、小說詩〉，《雲邊書》（台北：九歌，1998.7），頁208。
34　張默：〈垂釣古今話蕭蕭〉，蕭蕭：《緣無緣》（台北：爾雅，1996.3），頁2。
35　陳巍仁：〈羚羊如何睡覺？〉，蕭蕭：《皈依風皈依松》（台北：文史哲，2000.2），頁19。

一隻螞蟻一直
輕輕叩著糖罐：

喂，喂
不讓我進去
你是醒不了的夢啊！

喂，喂
不讓我進去
你是醒不了的夢啊！

那樣的回聲一直
輕輕叩著糖罐[36]

　　詩人在這首八行小詩裡創造出看似單純，實則相當玄祕的禪趣。這首詩以一隻小螞蟻作為主體，牠一直輕輕叩著糖罐，中間兩段重複的話語，表現出那隻螞蟻昆蟲急於覓食焦急的心情。糖就是螞蟻的美夢，可是隔著一層玻璃，真是讓牠傷透腦筋啦！吃不到糖，美夢仍在，捨不得醒來，只有吃到糖了，夢才可能成真。題目為「緣無緣」，第一個「緣」字或許可以解釋成「因為」，因為無緣，所以螞蟻不得其門而入，無法一飽口福。詩的末尾似乎明示螞蟻並未得逞，牠與它始終維持著對立的狀態。

　　而在另一本詩集《雲邊書》裡，有一首〈無緣緣〉也寫出了有關於緣的詩句：

36　蕭蕭：《緣無緣》（台北：爾雅，1996.3），頁68-69。

〈無緣緣〉
摸觸你的臉頰、鼻端、緊抿的雙唇
我可以確定五六分
進入你的喉嚨裡張望
進入聽道、眼眶、左心室、右心房
循著動脈、微血管
直抵心肺、胃腸、及於膏肓
我能掌握你七八種
不同色彩的奇思異想
危危顫顫浮潛於你的卵巢、子宮
滲透毛細孔
顛覆慾望、智商
不准別人探看
我洗一洗自己的心
百分之百俯首承認
你是皇宮後院那一朵獨立的黃玫瑰
多少前世今生
我仍是那輪徒然的明月[37]

在〈緣無緣〉一詩中，糖罐不讓螞蟻「進去」；到了〈無緣緣〉詩中，則已經可以「摸觸」、「進入」、「循著」、「直抵」、「及於」、「掌握」、「浮潛」、「滲透」，而且「不准別人探看」。雖是「無緣之緣」，但卻是相知相惜之緣，表面說的是無奈的結局──「你是皇宮後院那一朵獨立的黃玫瑰／多少前世今生／我仍是那輪徒然的明月」，暗裡不說

---

37 蕭蕭：《雲邊書》（台北：九歌，1998.7），頁77-78。

的是雀喜。

蕭蕭詩中的禪趣，並非是宗教信仰裡的禪，更是生活禪，張默曾在〈垂釣古今話蕭蕭〉一文中提到：

> 蕭蕭詩中的禪趣，除了一部分涉及禪與生活的互動，更由於作者喜歡禪的體悟能從宗教有限的信仰中脫軛而出，在日常生活裡無拘無束來去自如。禪，對詩人而言，不是修行，不是信仰，而是實實在在的生活，借它來表達個人的詩境自有其妙契之處，介乎「言」與「不宣」之間，或「不言」與「渲」之間，倒不一定將這些詩作落實於佛理的探索上，那可就執而泥，反而離詩去禪更遠了。[38]

因此，對於蕭蕭詩中的禪趣，不一定要執著於其是否有對於佛教教義的闡發，吾人更可以從其詩作中去發現詩人豁達超脫的生活觀，及其「空白」的詩觀。如〈鏡子兩面〉：

〈鏡子兩面〉
鏡子（Ａ）
發現對面是一片空白
無物可照
那晚，鏡子開始懷疑
我，曾經存在嗎？

那些曾經在我心上喜心上怒的
如今又在那一面鏡子的外面哀樂？

---

38 張默：〈垂釣古今話蕭蕭〉，蕭蕭：《緣無緣》（台北：爾雅，1996.3），頁10-11。

鏡子（B）
照看外面空無一物

無情，無雨
無男，無女
無聲，無色
無情，無義

鏡子坦開胸腹手腳，睡了一個大覺[39]

　　鏡子本就是用來映照人、事、物的一件物品，當已經擬人化的鏡子（A）發現「無物可照」的空白時，開始懷疑起自己「曾經存在」嗎？這時候的鏡子仍然未跳脫存在於自身的喜怒哀樂，仍苦苦追尋過往的曾經與執著；到了鏡子（B）的時候，外面仍是「空無一物」——「無情，無雨/無男，無女/無聲，無色/無情，無義/」的空無之境，但此時鏡子已經能了然超脫物外，不管一切的存在與否，了無罣礙地「坦開胸腹手腳，睡了一個大覺」。這樣的禪義無關乎佛理的闡揚，卻能將禪與生活結合在一起，這就是蕭蕭所創作的禪詩的特色。再看另一組詩：

　　〈空與有三款〉
　　第一款
　　甲、空
　　草色佔滿大地時
　　你將綠寬裙

39　蕭蕭：《凝神》（台北：文史哲，2000.4），頁52-53。

鋪向草的邊緣
天的邊緣
直到藍天
草一樣的綠[40]

乙、有
我的心遂深成一口無底的井可以任十三經二十五史七十二
賢人一〇八條好漢以及他們的無辜
縱—落落落落落

喊一聲喂
竟有八萬四千個喂喂喂喂喂喂喂喂喂喂喂喂喂喂喂喂喂喂喂
喂
我應來回喂喂喂喂喂喂喂喂喂喂喂喂喂喂喂喂喂喂喂喂[41]

　　這組詩〈空與有三款〉將佛家的「眞空不空，即是妙有」
做了一番演示：第一款分甲乙二式，甲式所寫的是自然界無限
的空間延伸，乙式則藉著「十三經二十五史、賢人好漢……」
關於時間的、歷史的意象掉進心井時，所引發人存在遼闊時空
中的玄秘與驚顫的回聲。作者透過詩句的複製、重組排列，將
「有」往下落、落、落，形成一有形的視覺形象；而「喊一聲
喂」與「回應」的「喂」，連續複製成深井裡回聲的聽覺形
象，呼應首句的「我的心遂深成一口無底的井」。這樣的技
巧，除了傳遞以心井的的「空」容納萬事萬物的「有」意念之
外，也製造出特別的圖象趣味。

40　蕭蕭：《凝神》（台北：文史哲，2000.4），頁102。
41　蕭蕭：《凝神》（台北：文史哲，2000.4），頁103。

〈第二款〉

子、空

丑、有[42]

　　〈空與有三款〉組詩的第二款則是由「有」、「空」二字構成的一組詩，從字體的筆劃、實心或空心，可以看出作者想要表現的「有　空」、「空　有」的意念。在一般人的觀念裡，「空」和「有」是截然不同的兩種境界，「有」的就不是「空」，「空」的絕對不可能「有」。但是佛教認為：「空、有」是一體的兩面，像手心和手背都是肉一樣，兩者相需相求、相生相成；又譬如孿生兄弟，焦不離孟、孟不離焦——從「有」之中可以體悟到「空」的妙諦，從「空」裡面又可以認識「有」的義蘊，即是「眞空妙有」、「有依空立」。

第三款

A、空

我呼出一口氣

一朵雲在山間逐風而飛

_____

42 蕭蕭：《凝神》（台北：文史哲，2000.4），頁104-105。

我吸進一口氣
體內舞踊奔躍多少隻無名的火
我呼出一口氣
一朵雲在山間不逐風不飛
我吸進一口氣

B、有
一朵雲在山間不逐風不飛
我呼出一口氣
體內舞踊奔躍多少隻無名的火
我吸進一口氣
一朵雲在山間不逐風不飛
我呼出一口氣[43]

　　〈空與有三款〉組詩的第三款則藉著「呼─吸─呼」之間，以及句子的迴旋反覆，令人聯想到有如太極圖「白─黑─白」、「黑─白─黑」的三環圈和五行圓圈式的結構；或是釋迦牟尼佛當時所建立的「法輪」標誌標誌，「輪」代表空有不二，空有一如。「輪」的圓心是空的，圓周是有。又代表動靜不二，心是靜的，心是空的；圓周是有，圓周是動的。因此，我們從輪上可以看到「動靜是一、空有是一」。

　　在《凝神》詩集中，〈應無所住而生其心〉四首系列[44]，更是蕭蕭禪理詩中的精華。

　　「應無所住而生其心」此句出自《金剛經》中佛告須菩提：「是故須菩提，諸菩薩摩訶薩應如是生清淨心，不應住色

43　蕭蕭：《凝神》（台北：文史哲，2000.4），頁106-107。
44　蕭蕭：《凝神》（台北：文史哲，2000.4），頁136-147。全詩詳見附錄一：〈應無所住而生其心〉組詩。

生心，不應住聲香味觸法生心，應無所住而生其心。」當初六祖慧能便是因此句的引導而茅塞頓開，親見自家本來清靜之面目。句中的「住」是停住之意，引申爲執著。整句意義是說──不要執著在某件事物或心念之上，要生出能照見自家本來清靜面目的清淨心來。

在〈應無所住而生其心其一〉詩中，共有二十五句，以阿拉伯數字標序，從1遞增到12，又從12遞減到1，最後回歸於1；全部的句型爲「如果是」開頭的假設句，寓含有萬象皆由心造、萬變不離其宗之意。因此，不必拘泥於既定的成見或框框，換個角度觀照，則萬事萬物是甲也是乙，無須執著。

在〈其二〉詩中，二十五句開頭的數字全部歸○，似乎含有「天下萬物生於有，有生於無」之意，以○（無）爲開始；而每一行的詩句中皆鑲嵌有「接受」二字，而以「我接受你千年的折磨回饋以無聲的淚無言無言的歌無盡的愛無盡的詩」承上啓下，表現出世間萬物對世事無悔的接受，甚而更能積極地轉化、重生。

〈其三〉則以二十六個小寫的英文字母順序排列，奇數句以「有人」爲開頭，包括歷史、地理、科學、政治立場、哲學、宗教心理等內容；偶數句則是自然景物的描寫，表現了人文與自然的交錯。最後兩句「我在二十世紀愛妳妳在二十一世紀等我」、「天地依舊玄黃宇宙依舊洪荒三字經依舊說出口就出口」作結，更引發人對於時空無限延伸，打破時空的執著之感。

〈其四〉改以○和1作四個位址的排列組合，十六句詩句完全採用「笑看……，你是……」的句型，上下句子之間彼此相關，卻又被彼此分隔。作者笑看這個燈紅酒綠、繽紛的大千世界，每一詩行應該都是經過作者一再地斟酌確定，但彼此之間似乎又可以打破那理所當然的成見，而有其他的組合拼湊方

式。

除了〈應無所住而生其心〉組詩之外，尚有〈河邊那棵樹〉[45]三十五個短章及〈我心中那頭牛啊！〉甲乙兩篇共二十首詩。

〈河邊那棵樹〉三十五個短章，每首皆是五至十行之內的短詩。每一章的開頭都是採用同一格式：「河邊那棵樹，對□□說」，以樹為主軸，展開對泥土、淚、落葉、河、微風、石頭、太陽、夢、歸鳥、蚯蚓、流水、草、月光、往事、飛鳥、沙子、雨霧、滾石、風箏、彩虹、家具、腳印等的詮釋，透過這些事物的特徵，表達了詩人許多的疑惑與詢問，也呈現出其清風明月、無私無我、不拘執的超然觀點。如第二十首：

河邊那棵樹
對兩岸說：
水，一定要奔向海
或者
天空
那你們堅持什麼呢？[46]

蕭蕭有另一組詩〈我心中那頭牛啊！〉亦是用力經營之作。甲篇十首，以南宋的普明禪師所作的《牧牛圖頌》為藍本，蕭蕭嘗試以新詩的形式來表現。普明禪詩用牧牛來暗喻人的修身養性，他劃分了牧牛的十個調伏階段——〈未牧〉至〈雙泯〉，來說明修道悟道的進程。在甲篇的十首詩裡，詩人針對每一個悟道的歷程均賦予不同的意象。「牛」其實比喻的是「心」，是我們本自具足的清淨心、最自然真實的本性，此

45 蕭蕭：《緣無緣》（台北：爾雅，1996.3），頁85-119。
46 同前註，頁104。

心未修練前，難免受到外物的誘惑與蒙蔽，如何馴服這野性，以致於天人合一、物我雙泯的境界

乙篇則是以梁山廓庵則和尚的《十牛圖頌》為藍本，起於〈尋牛〉，終於〈入塵〉。蕭蕭自述：

> ……太白山普明禪師自〈未牧〉而〈雙泯〉傳詩十章，所謂「人生不見處，正是月明時」是也，此乃〈我心中那頭牛啊！〉（甲篇）之所依。後又有梁山廓庵則和尚另作《十牛圖頌》，起從〈尋牛〉，終至〈入塵〉，所謂「混俗和光，隨流得妙」是也，再因其頌詩，借男女情愛而作〈我心中那頭牛啊！〉（乙篇），兩篇參看，或可有所發有所明有所悟有所通，有所笑。[47]

同樣是以牛譬喻這念心，說明修行心路歷程的十個層次。詩人以男女情愛比擬其詩境、禪境，其中的創意，大膽顛覆了我們所習以為常的思考模式，虛實之間，或許這就是禪與詩的美妙之處吧！如〈相忘第八〉：

> 從此溪山雲月中
> 人牛花鳥意相同
> 即使花落
> 即使水流
> 任爾縱橫
> 隨他西東[48]

47 蕭蕭：《緣無緣》（台北：爾雅，1996.3），頁166。
48 節錄自蕭蕭：〈我心中那頭牛啊！（甲篇）──相忘第八〉，《緣無緣》（台北：爾雅，1996.3），頁85-119。

花落自他花落，水流自他水流，五湖四海，任君遊賞。人與外物不再產生對立抗衡，有如莊周夢蝶一樣，究竟我是蝶，抑或是蝶爲我，已不再重要了！

三、詩中的幽默與趣味

蕭蕭詩作的主題除了呈現對生命、家國之愛以及具有禪意的美學之外，蕭蕭本身也是一位具幽默感的詩人，他也寫些自己生活上的經驗，如夫妻之愛、男女之情、與生物的對話、甚至利用英文與中文之間的聲音關係，寫了一些遊戲詩。在這一節裡，筆者將試著探討蕭蕭詩作中所呈現出的幽默與趣味。

（一）男女情愛

在蕭蕭的作品中，寫夫妻、男女之愛的部分並不多，但卻是溫婉動人的。「幽默」是一種含蓄而充滿機智的辭令，可使聽者發出會心的一笑。喻麗清曾說：「情詩，多半表現的是情緒而非思想，所抒發之情又多半只屬於兩個人的世界，視界既窄，故多淺薄。好的情詩，不僅要有婉約的情韻，更要有優美的想像，它最需要靠才性而不是功夫技巧。」[49] 寫得不好的情詩，讀來露骨直接，沒有含蓄美，也不容易引起讀者的共鳴；好的情詩，除了要有優美的詞藻，也要有真摯的情感，才能寫的動人。例如〈草戒指〉：

〈草戒指〉
因爲吸取了露水所以長成纖維
因爲植根土壤所以可以隨時發展意想

環你一莖草

49　喻麗清：〈雜話情詩〉《情詩一百》（台北：爾雅，1982），頁3。

其實也環你風，環你雨
薄月，粗茶
微雲，淡飯
無可避免你要遇到我
生命中的風風雨雨，一起抵禦
環你一莖草
其實也環你終年或增或減的陽光
草的溫暖
何止溫暖心與心的疏離
何止溫暖一根無名指
愛的渴望
環你一莖草
其實也環你生命的韌度
張開毛細孔的纖維
呼應你的脈搏量數
凡常歲月裡多少高低音
多少萍聚萍散，花榮花枯

會呼吸的草
環你以全生命的風雨和陽光
知道草之脆弱的我
環你以全生命的謳歌與哀唱[50]

　　這首詩節奏鏗鏘、音韻和諧、意象豐富、對比極具張力。
與年少或青年時期的熱烈之愛相比，詩中的壯年之愛似乎更具
靈性之美，雖平淡卻依然浪漫。不同於一般的物慾愛情，詩中

50　蕭蕭：《雲邊書》（台北：九歌，1998.7），頁107-109。

所表達的愛情，雖沒有如鑽石珠寶般的繁華的外衣，卻將感情回復到最單純的「草戒指」；作者將自己轉化成草中的纖維，與愛人共同度過人生路上的風雨、陽光、高潮低潮、如浮萍般的聚散、花開花落，多麼平凡卻動人的情意啊！其實，詩人在最後一節也提到了：草是脆弱的，草戒指也終究會有枯乾的時候，但也唯有真摯、堅貞的感情才能天長地久，化短暫為永恆、化脆弱為堅韌，也才能散發出生命中的迷人光彩，所以詩人要「環你以全生命的風雨和陽光」、「環你以全生命的謳歌與哀唱」。這小小的、無價的卻是有生命的「草戒指」，豈不比真正的金銀戒指來得更為意義非凡，雖短暫但豈不具有永恆的、難以抹滅的價值？這是詩人蕭蕭最平凡，卻也最真實浪漫的情詩。尚有一首情色愛戀的詩，如：

〈圖形〉
我藉幾何學的圖形
摩挲你的肌膚
長方形的孔子
橢圓形的東坡居士
梨形的海
三角形的卓文君
紡錘形的李白
都不如你以水果的美學意義
引誘我剝皮去殼榨汁
輕輕咬囓[51]

這首〈圖形〉，藉著幾何學的圖形來比喻女性身體，寫男

51　同前註，頁103-104。

女之間互相愛戀、彼此吸引、進而共赴雲雨的情形。

有代表溫馨之愛的「草戒指」，蕭蕭也有一首褪色的情詩──〈井與婚姻〉：

> 只能張著嘴
> 望著天
> 還要說些什麼呢？
>
> 流不出來的淚
> 儲聚了幾十年
> 也慢慢枯竭了[52]

僅僅六行的短詩，絲毫未提及井或婚姻，但是「張著嘴／望著天」、「枯竭」，都可以感受到井的意涵。有人說過：「婚姻是愛情的墳墓。」蕭蕭卻比喻：結了婚就如同住進一口深井，鎮日湧泉，付出自己的愛；但若無愛人的看顧、愛惜，仰天長望亦喚不回昔日的情愛，井也該有枯竭的時候吧！愛情的褪色逝去，竟是如此的不堪！

（二）詠物之趣

蕭蕭擅長以實物入詩，寫來頗幽默，也引人深思，如〈日曆〉：

> 我只是單純地告白：靜靜的
> 一天，又過去了！
>
> 你何必一定要揉我皺我

---

52 蕭蕭：《毫末天地》（台北：漢光，1989.7），頁72。

狠狠地把我丟入垃圾桶裡
狠狠地把自己丟進電視機裡
不言無語
讓另一張日曆在風中戰慄！[53]

　　這首詩寫出了日曆的心聲，亦說盡了人類的虛度光陰，只狠狠地撕下日曆、又揉、又丟的，有如鴕鳥把自己埋入電視機裡。最後詩人不直言主角的浪費時間，只用「不言無語／讓另一張日曆在風中戰慄！」，另一張日曆的戰慄，比喻的是眾人對於日子虛度的惶恐與不安。
　　再看另一首詩：

〈洪荒峽〉（四）
僅僅是
一隻
無顏彩的蜻蜓飛了
過去

整個溪谷裡的石頭
都振了振翅膀[54]

　　只有二十九個字的一首小詩，說出生命力在詩人內心中引發的一種感動，此種感動對讀者有莫名的牽引力道，恍如讀者就是那冥頑不靈的石頭，因詩人無意中的指點或引渡，而笨重的身子竟神妙地像長出了翅膀、振了或抖動了幾下。「無顏彩」三字，給讀者有彷彿天地洪荒、混沌未開之感；但是蜻蜓

53　同前註，頁84。
54　蕭蕭：《緣無緣》（台北：爾雅，1996.3），頁43。

飛過，連千年不動的石頭都受到了感應，天地間立刻鮮活了起來，這是生命之趣！

　　蕭蕭的〈英文六書〉六首詩，是用中國的六書原則來解釋、想像英文字母的有趣作品。試觀其中五首內容：

〈英文六書〉
〈水與懸崖——象形詩〉
P是懸崖，風起的地方
雲歸回的懷抱
根與藤緊緊攫抓，枯、韌、瘦、老

S，曲曲折折的水流
由懸崖縱落，去向遙遠天際
納八方、萬里入心
幻風，化雲
卻又回到這裡，與藤與根
與懸崖終老[55]

　　第一首是象形詩，所謂「象形者，畫成其物，隨體詰詘」，將「P」想像成懸崖，有風、有雲、有根與藤緊緊地攀附其上，直至老去；「S」像彎彎曲曲的水流，由懸崖縱谷傾洩而下，去到遠方，或是被蒸發成雲，水蒸氣又匯聚成雨，落至懸崖終老。自然界生命的迴旋反覆不正是如此！

〈你與我——指事詩〉
i，即便是寫小一些

55　蕭蕭：《凝神》（台北：文史哲，2000.4），頁112-113。

依然故我
頂著的正是圓滾滾的頭顱

順著U的左側下滑，一溜
升上右面那一堵山壁
一溜，又回到原點順勢而溜
你在哪兒？滿坑滿谷淡淡的體香

我轉自己的四季
恆等於
你滿足自己的空間[56]

　　筆者戲為：「指事者，視而可識，察而見意，i、U是也。」我就是那筆豎畫「I」（我），頂天立地、仰不愧於天、俯不怍於地，即使寫小一點「i」仍是「I」，我仍是我，頭上還是那圓滾滾的頭顱；而「U」是英文「You」（你）的同音，字形像一個大凹槽，就像青少年朋友穿著溜冰鞋或滑板車，在U形坡面來回表演特技一般又「滑」又「溜」。但總離不開巨大、絕高的山壁所形成的一個大空間。我亦在裡面，尋尋覓覓你的蹤跡，只聞「滿坑滿谷淡淡的體香」。丁旭輝將之詮釋為母親的子宮[57]，可大可小，有母親的體香，充滿生命的可能。

　　走筆至此，令人莞爾。當一個生命開始之時，便是在母親的子宮裡，吸收氧氣、養分，受到母體的包覆、養育。從超音波就可看到「你」這個小個體，在這個小宇宙裡或躺或翻，全

56　同前註，頁114-115。
57　丁旭輝：〈賞析蕭蕭的三首絕妙好詩〉，《笠詩刊》第220期（2000.12），頁138-143。

心滿足地待上十個月，然後出生。每一個「我」不都是如此！無論是在地球、外太空、或是春夏秋冬的變換，我就是我，不論是小寫或大寫，都頂著一顆大或小的頭顱，「我」與「你」是既獨立卻又是一體的。

〈梯子和梯子——會意詩〉

H
兩根直通通的棍子上不了天
除非
一根短短的小棍子去接連
即使有時傾斜30度
A
也要來自不同方向的思考模式
不同方式的摩挲
會合H與A
HA，你會了嗎？[58]

　　這首會意詩也是從字形出發，「H」的形狀就像是兩支長棍子加上一根短棍子，像個梯子。所謂「尺有所短，寸有所長」，再長的棍子，缺少了中間的短棍，便上不了天；詩人又發現，若是將「H」的兩根長棍頂端各向傾斜30度，就成了「A」。「A」後面加上不同的字母或單字，就有不同的含義、不同的思考方式。梯子也是如此，不爬上梯子，永遠不知高處的風景；不變換思考的模式，便永遠是固執己見，冥頑不靈。最後，將「H」加上「A」，變成「HA」，「哈」的一聲問你會了沒？也是一聲幽默的打招呼，世事本無單一種的思考

58　蕭蕭：《凝神》（台北：文史哲，2000.4），頁116-117。

方向，轉個彎，世界將不一樣！

〈不出聲的人——形聲詩〉
Q
西方皇后高聳的雲鬢是其形
中國清朝留下的一絡髮辮爲其義
台灣稻米堂堂的相貌和口感發其音
不論多少壓力
都從最後那一絡溜了去
不出聲息

遠遠看著她
因彈性和韌力而保持的不敗英姿
特別喜歡第三聲拉長的Q[59]

　　「形聲者，以事爲名，取譬相成。」就是形符 （表示意義的符號） 和聲符 （表示讀音的符號） 組合起來形成一字，以表示意義的造字方法。詩人想像「Q」的字形像皇后高聳的雲鬢，由清朝人腦後垂著的辮子，聯想到魯迅筆下的「阿Q」，更想到台灣稻米Q、軟、有彈性的口感。有了以上的形符，再加上特意拉長、上揚的聲調，「Q」字的趣味就產生了。

〈E是可愛的D——假借詩〉
E，就是伊
越頭做伊去

59　同前註，頁118-119。

看著伊的背影漸漸消逝
踮在風中，我 我 我——
也變成風的一部分

別人有別人可愛的馬
我有我可愛的D
甘願家己漸漸消瘦
也要看可愛的D肥肥啊瀡
肥肥啊越頭做伊去[60]

　　「假借者，本無其字，依聲託事。」假借字是利用音同或音近的關係，來使用文字的。這首詩便是運用台語諧音的關係，來製造詩的趣味效果。「E」，諧音「伊」（他）；「D」諧音「豬」（台語發音），蕭蕭肖豬，也對「豬」情有獨鍾，所以寧願消瘦自己，也要餵飽他可愛的「D」，乎E肥肥啊瀡（美），肥肥啊越頭做伊去。

　　蕭蕭在詩集中有許多的詠物詩，其所展現的詩趣，也相當的豐富。例如〈蚯蚓我與太陽你〉：

蚯蚓揚起頭來，慢慢蠕動自己。
第一環節不動，第二節就不會動：第二節一動，
第三節就跟著向前。

他遇到一株花的腳趾頭，腳趾頭動一動，說：
我們正在努力開花。

60　蕭蕭：《凝神》（台北：文史哲，2000.4），頁122-123。

他遇到草密佈在地下的網，網動了一動，說:
你要看看我綠色的葉子和葉子上的小水滴嗎?
蚯蚓繼續向前走。
石頭坐在他前面，一動也不動的樣子。
蚯蚓客氣地說:請你讓個路吧!

石頭說：我坐在這裡已經幾十萬年了，你是過客，
怎麼可以要求我讓路？

蚯蚓說：
那我就爬上你的臉，從你的頭上爬過

石頭說：來吧!太陽和鳥常做這種事！

蚯蚓沿著石頭的身軀往上鑽動。
終於，來到了地面。
太陽笑著說：當你爬上石頭，我已經去了天涯。

蚯蚓搖搖頭：那又有什麼關係，明日你還是要昇
上來看我。[61]

　　全篇的主角是蚯蚓與太陽，題目加上我、你，與讀者拉
近了距離，也令人感到好奇。詩從「蚯蚓揚起頭來」開始，到
最後一句的「蚯蚓搖搖頭」，將蚯蚓蠕動的動作細細描繪出，
又加入了「一株花的腳趾頭」、「草密佈在地下的網」、「石
頭」、「太陽」等對話情節，充滿劇情張力。尤其是最後，當

61　蕭蕭：《緣無緣》（台北：爾雅，1996.3），頁65-67。

石頭不肯讓路，而允許蚯蚓從他的臉上、頭上爬過時，到這裡好像應該是結束了；而太陽與蚯蚓之間充滿機智的對話方式，更是令人發出會心的一笑。自然界、人世間的規律法則，不就是彼此相依相存、互補長短、各取所需、各得其所嗎？

蕭蕭批評方法及其實踐

陳政彥

> 蓋文心之作也，本乎道，師乎聖，體乎經，酌乎緯，變乎
> 騷；文之樞紐，亦云極矣。若乃論文敘筆，則囿別區分，
> 原始以表末，釋名以章義，選文以定篇，敷理以舉統：
> 上篇以上，綱領明矣。至於剖情析采，籠圈條貫，摛神
> 性，圖風勢，苞會通，閱聲字，崇替於《時序》，褒貶於
> 《才略》，怊悵於《知音》，耿介於《程器》，長懷《序
> 志》，以馭群篇：下篇以下，毛目顯矣。
>
> ——劉勰〈文心雕龍·序志〉

「文學批評方法論」作爲文學批評的後設思考，簡單的說是對文學批評方法的說明與解釋。詳細的分析即包含了反省批評方法，思考在理論架構與實際作品之間，評論家如何掌握批評對象、透過什麼步驟使關於該文學作品的文學知識變爲可能，而該方法所導入了什麼樣的參考架構（所引用理論），以及評論家所憑藉價值判斷的標準等等都應該是批評方法論所討論的範圍。

蕭蕭自己是這樣反省何謂「批評」：

> 批評則融合了主客之觀，物我之分，是刀，劃開表層，深
> 入內裡，批卻導窾，尋幽探勝。批評是天地間的仁氣，維
> 護眞義，滋養眾生，批評更是天地間的義氣，制不善，

劇不平，殺過盛，除贅瘤。唯有眞正的批評，促使詩呈
露它原有的眞貌。「批評」二字，分開來解釋，「批」
有「擊」義……是一種主動的批擊，乃有批擊的對象。
「評」有「平」義……是一種公正的審評，乃有審評的準
據。

——（《燈下燈》，頁66）

以下我們來看看蕭蕭在進行批評時所持執的標準以及方
法：

一、蕭蕭批評的理論根據

評論家進行文學評論，除了個人閱讀後所感得的閱讀美感
之餘，還得更進一步將所得的感受，依特定體系的理論加以詮
釋，循著特定的價值標準加以評價，而加以分析的過程也應當
循著特定的方法論完成。

關於蕭蕭關於批評所根據的理論體系來說，在上一章已經
有重建的嘗試，在這一節中將試圖理解構成蕭蕭理論的根據。
蕭蕭由於個人所學以及當時文學批評風氣所影響，構成蕭蕭
理論的根源主要有二，首先是中國古典詩論[1]，其次是新批評
（The New Criticism）的影響。

（一）中國文學理論對蕭蕭的影響

到底什麼是「詩」呢？在蕭蕭的詩學體系裡，對「詩」
有兩種不同的認知：一是將「詩」認爲是人心受到感動，進

1　中國古典詩論此詞含意義廣大而模糊，事實上蕭蕭本身使用此一術語時也沒有詳
　加界定定義，本文使用此一詞語有兩層設限，首先蕭蕭要評論對象是詩，因此
　雖時有旁及詞話、文心雕龍，但大體仍以詩話爲主。其次是在蕭蕭體系內所引
　用者爲主，此處所謂古典詩論乃指以上兩者而非只社所有範圍之古典詩論。研
　究方法是以統計蕭蕭所有使用過的中國古典詩論術語，加以歸納分類討論。

而化爲語言發出的表達，如：「詩是人類因外物而激生的感情，又藉著外物來傳達的一種心聲」（《青少年詩話》，頁7）。其次蕭蕭認爲「詩」有能夠表現形上本體（在中國稱之爲「道」）的特質，而詩也由於這樣的特質而能「道」並存，進而能夠獨立於世界（語言）之外存在，如「道，無所不在。神，無所不在。我們深信：詩也無所不在，同時以多種面貌出現。」（見《鏡中鏡》，頁115）。以劉若愚的分法來說，第一種詩觀可稱爲「表現理論」，而第二種詩觀則稱爲「形上理論」。回到中國文學理論的傳統之中，我們可以發現這兩種傾向毫不陌生，葉嘉瑩說：

> 所以在中國文學批評史中，雖然一代有一代之流派，一家有一家之學說，可是大別言之，則在說詩的傳統中卻不得不推受儒家之影響而形成的「託意言志」的一派，與受道家之影響所形成的「直觀神悟」的一派爲二大主流。
>
> ——（葉嘉瑩〈漫談中國舊詩的傳統〉，頁347）

在「托意言志與表現理論」以及「直觀神悟與形上理論」之間雖然並不是全然對等，但是卻是兩組關係密切的概念，這正是中國傳統詩學中一再爲人所提及的重要關目，而蕭蕭的詩學體系也正依著這樣的概念建立起來，以下更詳細分別說明：

1. 蕭蕭詩論中托意言志的傳統

「詩言志」在蕭蕭詩學體系中有著非常大的重要性，因爲「詩言志」是蕭蕭主張詩要抒情的重要依據，而「志」本身就包含了心的活動意義，因此以言志統攝心裡的情感（緣情）與理想目標（言志）也說得通，蕭蕭就依此建立起自己的詩學系統。

　　就「托意言志」的中國說詩傳統來說，還可以分成兩個方向來談，也就是孟子提出的「以意逆志」與「知人論世」兩個方向：「以意逆志」出自《孟子·萬章上》：「故說詩者不以文害辭，不以辭害意。以意逆志，是爲得之。」。而「知人論世」出自《孟子·萬章下》：「頌其詩、讀其書，不知其人，可乎？是以論其世，是尚友也。」

　　這種「以讀者之意逆覺作者之志」的文學評論方法就孟子所在的時代以降有過許多人的分析討論，允爲中國重要的說詩傳統之一，例如漢代趙岐《孟子注疏》：「人情不遠，以己之意逆詩人之志，是爲得其實矣。」，北宋朱熹《四書章句集注》：「言說詩之法，不可以一字而害一句之義，不可以一句而害設辭之志，當以己意迎取作者之志，乃可得之。」

　　孟子的說法起於對詩句的解釋被曲解使人無法瞭解詩人的原意，因此孟子提出不應由於文句的障礙使人無法瞭解詩人之意，而提出以意逆志的說法，而這種說法與後來中國儒家美學中，成就完美人格的理念相與結合，而使人品成爲審視文章詩句美感的評判準則，如明代王思任〈唐詩記事序〉所說：「善作詩者，必起于知詩；善知詩者，必起于知人。」而這種帶有中國儒家色彩的特殊審美觀點的另一種表現就是「知人論世」。

　　「人品」此一抽象的名詞必然不能離開現實與歷史而被討論，因之歷來學者多有主張將「知人論世」與「以意逆志」合起來講，如清代顧鎮《虞東學詩》：「夫不論其世，欲知其人，不得也；不知其人，欲逆其志，亦不得也……故論世知人，而後逆志之說可用之。」又如王國維《玉溪生詩年譜會箋序》：「由其世以知其人，由其人以逆其志，則古詩雖有不能解者寡矣！」

　　葉嘉瑩分析這種傾向：

儒家思想原是一種重視實踐道德的哲學，所以當其影響及
於文學批評時，便形成了「說理則以可實踐者爲眞，言情
則以可風世者爲美」的一種衡量標準。因此説詩人乃經常
喜歡在作品中尋求託意，並且好以作者之生平及人格爲説
話與評詩的依據。這正是「託意言志」一派之所以盛行的
主要原因。

——（李正治，1988，頁347）

黃永武《中國詩學鑑賞篇》對學者有五個期許：一是考
察作者年代以推測當時時事；二是考察創作地點以省察當時情
狀；三是考察作者性向以認識作品風格；四是考察作者交遊以
指證作品疑竇；五是考察作者際遇以明白作品背景。（黃永
武，1976，頁240-271）

就今日的眼光來看，將倫理學的道德課題與文藝美學的
評詩標準混爲一談似乎是大錯特錯，因爲研究者可以很直接發
現創作者的人品不一定與其作品表現出來的風格相吻合。元遺
山論詩絕句說潘岳：「心聲心話總失眞，文章寧復見爲人？高
情千古閑居賦，爭識安仁拜路塵？」王漁洋論詩絕句說嚴嵩：
「十載鈐山冰雪情，青詞自媚可憐生，彥回不作中書死，更遣
匆匆唱渭城」潘岳與嚴嵩的爲人奔競齷齪，但在《閑居賦》與
《鈐山堂集》中又表現得恬淡清高。使人不由連帶對「知人論
世」與「以意逆志」產生懷疑。

如果只依照「藝術風格絕對等於人格」的機械式推論就難
免會得到如上的結論，但是在人文學科的領域中，對於「知人
論世」與「以意逆志」應該有周全的思考。亦即不妨將詩人的
人品與相關的歷史事件當成文化脈絡，文化脈絡便是我們看待
詩歌文本的另一個參照系統。詩歌本身當然要富有藝術成就，

但是當此一詩歌文本放置在文化脈絡之中時，往往此文本更豐富更重要的文化意義才能在其中顯現出來。而吾人也在文本脈絡與文化脈絡的交疊中領受生命的意義。這點在古代有陶淵明的淡泊名利的歷史生平與詩歌的參照，在現代有周夢蝶固守藝術理想、執著於藝術世界而清苦不悔與其飽富禪趣的現代詩創作相與映襯。

2. 蕭蕭詩論中直觀神悟的傳統

蕭蕭說：

> 詩獨與宇宙精神相往來，中國詩尤為如此。今日我們審視六合之內與六合之外，益感詩因宇宙萬事萬物之日趨多面而交集，增其光芒，好詩的價值乃藉以上四點的圓滿達及而為詩中之龍，詩的存在意義於焉全然完成。
>
> ——（《鏡中鏡》，頁169-170）

在這段文章中，蕭蕭其形上詩觀的思想可歸納為兩點：第一、詩得以表達宇宙一切生物、非生物的存在並且加以精鍊；第二、當詩所完成的世界能自給自足而能獨立存在乃至永恆。這當中的第一點看法，正是中國傳統文論中所習見的。這種「文道合一」[2]的觀念起源於莊子，而長久存在於中國文學理論中，而司空圖正是這種思想的代表人物：「後世批評家，抱持形上文學觀而對作者之觀照自然與了解道漸趨注意，這種傾向可說始於司空圖（837～908）；他是第一個公開聲稱詩是詩人了解道的具體表現這種概念的詩人。……司空圖藉著詩的意

2　「在形上理論中，宇宙原理通常稱為『道』；這個字在中國哲學與文學批評中具有各種不同的涵義。依照大多數形上批評家的用法，『道』可以簡述為萬物的唯一原理與萬有的整體。」（劉若愚《中國文學理論》，1998.9，頁27）可參見郭紹虞〈中國文學批評中道的問題〉《文學研究》第二期，1957。

象，表達了詩是詩人對自然之道的直覺領悟以及與之合一的具體表現，這種概念。」（劉若愚，1998，頁63-66）

蕭蕭在論文序言中曾說：「……而獨於表聖《詩品》，深慶獲衷。……今考表聖詩品，一以『韻外之致，味外之旨』貫串其間，其玄其妙，歎爲觀止，遂開後世『詩以意會』之途……」（《從鍾嶸詩品到司空詩品》，頁3）蕭蕭師大碩士論文做的就是司空圖的研究，並且得到以「韻外之致，味外之旨」爲司空圖詩論中心貫串二十四詩品。由這「味外之旨」表現出中國傳統詩歌美學審美過程的不可釋義性以及強調直觀默會的審美方法。熟悉司空圖文學理論的蕭蕭也繼承了司空圖的形上詩觀，蕭蕭所謂的宇宙精神與宇宙萬事萬物實則爲「道」的另一說法。另外，司空圖所理解的「道」有濃厚的道家色彩，在其《詩品》中，不但在思想上可見道家的影響，甚至在字句上也時而援引《老》《莊》，諸「天鈞」[3]、「眞宰」[4]等，這樣的傾向也影響了蕭蕭。

例如：蕭蕭用「環中」[5]來詮釋洛夫的藝術風格：「環中，是一種不生不滅的境界，是一種無是無非的體悟。老子說『無』，佛家說『空』說『禪』，聖人說『允執其中』，莊子說『無用之用』，其實就是這裡說的『環中』效果。……洛夫應用象徵與暗示，其目的是爲了造成獨特的『環中』效果，這種效果也是目前洛夫所以異於當前現代詩人的最大原因。」（《鏡中鏡》，頁27）

因此蕭蕭是以這種方式看待「道」的：

3　司空圖詩品《自然》：「薄言情悟，悠悠天鈞」《莊子·天下》：「是以聖人和之以是非，而休乎天鈞。」
4　司空圖詩品《含蓄》：「是有眞宰，與之沉浮」《莊子·齊物》：「若有眞宰，而特不得其朕。」
5　司空圖詩品《雄渾》：「超以象外，得其環中」《莊子·齊物》：「樞，始得其環中，以應無窮。」

> 詩本來就存在那兒，自在自如。詩人的工作只是引人向
> 詩，而不在於「製造」詩。……「文章本天成，妙手偶得
> 之」。那麼，停止栖栖惶惶的活動可以嗎？學學靜觀。西
> 方人才會那樣站出來跟「自然」作對，東方人是把自己融
> 入自然，與自然為一體的。
>
> ──（《燈下燈》，頁17）

文中把詩與自然並列，同時要詩人融入自然之中，而不是
用羅列意象這樣有意造作的方式表現詩與自然，由此可見蕭蕭
以自然的方式理解「道」，並且將詩與道聯合起來討論。

但是在中國傳統文論中，並沒有將詩文的地位提到與
「道」平等，詩文只是藉以表現道，趨近道的工具（以生命主
體而言，閱讀與創作是趨近道的過程）而蕭蕭將詩提升到具有
獨立存在的地位，則是蕭蕭本人的特殊看法，這樣的看法除了
是形上理論的極度延伸之外，還帶有濃厚的新批評理論的色
彩。

最後，讓我們回過頭來看關於托意言志與直觀神悟這兩種
詩觀在蕭蕭詩學的體系中是否會衝突呢？表現理論的詩觀是由
詩的發生過程以論詩之本體，而形上理論則是在哲學層面上直
接肯定詩所具有存在的本體。兩者原本是不抵觸的，但是由兩
種理論分別延伸到詩的創作方法時，就有了兩種不同方向的創
作要求。劉若愚提出表現理論與形上理論最大的不同在於：表
現理論者傾向將自身的情感投入客觀事物中，而形上理論者卻
要求詩人虛靜其心以容受道，不以造作有為之心追求藝術的成
就。關於這樣的分歧，蕭蕭嘗試提出以「詩誠於心」的說法加
以調和。蕭蕭說：

> 萬法萬物不離吾人之心，為吾人之心所包所貫，因之，只

要守在方寸之間，則不難以一心觀萬法，以一心識萬法……詩由於跟心相通聲息，可以包乎天地之外，貫乎萬物之中，同時能夠自清淨，不生滅，自具足，不動搖，生萬法，而爲最上乘的詩，展佈如神的境界。

——（《燈下燈》，頁5）

文中的自清淨，不生滅等等句子乃是引自六祖慧能悟道時的偈子，亦即先肯定外在萬物乃至宇宙都是由心中所生滅造作而產生，因此情感波動與形上本體的道都是由心生出，既然如此，則表現理論與形上理論的差異便得以消除，而能合一。蕭蕭在這部分的理論建構試圖借用佛家唯識的說法以調合兩種理論[6]。雖然其中仍有有待商榷的問題，但可看出蕭蕭建構一套融合形上理論與表達理論的企圖。

（二）新批評

即使蕭蕭有意標舉中國詩學傳統，但是一來現代詩的形式已經與古典詩差別太大，二來中國傳統詩學並未如西洋文學理論形成體系可以應用在現代詩批評上，因此蕭蕭勢必需從古典詩學以外的文學批評理論尋求新的著力點，在六〇、七〇年代主流的批評方式「新批評」（The New Criticism）[7]便成爲蕭蕭汲取養分的對象。

正如顏元叔所說：「新批評學派的理論手法，經過數十年的傳播，已經深入文學研究的領域，變成一種理所當然的方

6　關於這樣的融合牽涉複雜的理論討論，首先必須確定在蕭蕭文脈中「道」「心」的用法，然後在審視蕭蕭的理論架構是否具有理論效力，關於這些問題，將留待第五章檢討蕭蕭詩學時再詳加討論。

7　新批評（The New Criticism）是指三〇年代中期由約翰·克婁·蘭色姆（John Crowe Ransom）以及他的學生艾倫·退特（Allen Tate）克林思·布魯克斯（Cleanth Brooks）和羅伯特·潘·沃倫（Robert Penn Warren）所開啓的美國文論派別，強調文學知識的獨特性，提出只有文學作品才值得研究，並且發展出一套細密的分析方法稱爲細讀法，在五〇、六〇年代逐漸沒落。

法」（《當代台灣新詩理論》，頁74），相對於蕭蕭對中國傳統詩論的標舉，關於蕭蕭詩學中新批評的影響以下分兩點討論：

1. 新批評（The New Criticism）對蕭蕭現代詩學的影響

現代詩在蕭蕭的詩學脈絡中，似乎有了獨立自主的主體性，而能獨立於宇宙之外。蕭蕭說：

> 詩的存在及其因此而有的偉大，基於諸本身完全的自給自足，詩所以能完全自給而自足，因爲詩是宇宙萬事萬物旋轉時的光芒所投射的明鏡。詩與宇宙共死生，詩所掌持駕馭的領域，即爲宇宙有生之物與無生之物相互糾結的全部細脈之展現……光芒投射於明鏡，明鏡即時映照光芒，如此而成就詩的宇宙，因給以自足，由自足而偉而大，以至於永恆。
>
> ──（《鏡中鏡》，頁169）

在這段討論「現代詩是什麼」的說明中，詩似乎從宇宙萬物中產生，卻獨立於宇宙萬物之外，自成宇宙，自給自足，甚至可以存在至永恆。更深入的分析，穿透蕭蕭帶有詩意感性的文字鋪陳之後，蕭蕭表達了兩種含意，首先是真實事物的存在以及藝術價值之間的關係。藝術源自現實生活，但卻能賦予現實事物另一種生命，使得現實因藝術價值而永恆。余光中著名的自序爲此下了優雅的註腳：「神匠當日臨摹的那隻苦瓜，像所有的苦瓜，所有的生命一樣，終必枯朽，但是，經過了白玉也就是藝術的轉化，假的苦瓜不僅延續了，也更提昇了真苦瓜的生命。生命的苦瓜成了藝術的正果，這便是詩的意義。」（《白玉苦瓜·自序》，頁2）

其次是在蕭蕭一再提到的詩要自足存在的說法，例如：「詩的存在及其因此而有的偉大，基於詩本身完全的自給自足」（《鏡中鏡》，頁169），細細考察就可發現其實這是受了新批評學派的影響。新批評派很重視文學作為一種知識系統的獨特性，並且主張要將作品視為一種「獨立且自足的客體」（an independent and self-sufficient object）。孟樊說：「藍森即言：『批評應該是客觀的，要引證的是客體的本質』，並且還要承認『作品本身有其自主性（autonomy），為了自身的目的而存在』。」（孟樊，1998，頁88）

但蕭蕭所謂的自給自足跟新批評所謂的自給自足並不完全一樣，「詩的秩序，詩的意象，兩者都要求本身的自足存在……詩秩序旨在架構一完整的宇宙，詩意象則在背負一完整的宇宙」（《鏡中鏡》，頁66）新批評所謂的自給自足指作品之中的結構字詞是獨立的產生作用；但蕭蕭所謂的自給自足卻往往落在讀者的感受上，有時也針對詩中境界來談，這點與新批評是不一樣的。

在中國文論歷史中，從未像新批評這樣強調作品的獨立自主性，蕭蕭一方面承受了中國傳統詩論境界的思考，另一面又不自覺的接受了西方新批評的想法，因此揉合成獨具特色的自給自足境界說[8]。

2. 尋求張力、有機結構的細讀式批評

新批評對蕭蕭的影響，除了對文學的基本看法（本體論）外，影響最大的還是在批評方法上。《鏡下鏡》〈提要〉對蕭蕭所下的按語點出這種傾向：「中國詩話一向是即興式的、印

8　就理論內緣的考察可以發現這樣的脈絡，但就外緣考察，蕭蕭這種將詩提高到超然物外、自給自足的詮釋策略，事實上是由於現代詩在五、六○年代的尚未取得合法地位，因此必須透過將現代詩的地位提高，並且強調其不涉現實生活中的功利現實以凸顯古典詩之間的差異，爭取更多人的認同。請參見第四章。

象式的、史傳式的,如火花一閃;《鏡中鏡》則脈絡分明,秩序井然,是細膩的描述,精確的圖繪,允當的評鑑,現代詩評至蕭蕭而篇幅加長,而有圖表析證,此爲意義特殊之二。」(《鏡下鏡》,頁1)

趙毅衡對新批評下的按語是:「新批評派在其獨特的文學理論指導下,產生的方法論是絕對的文本中心形式主義方法論……在新批評之前,沒有一個文論派別提出如此絕對的,只在作品中分析意義的要求。」(維姆薩特〈感受謬見〉《新批評文集》,頁228)。新批評因爲服膺形式才是決定文學作品關鍵的想法,因此在批評方法上著重作品的細部分析,藉由形式、結構的細膩分析藉以得到作品的意義,這在新批評派的術語叫做細讀法。蕭蕭的分析方式正受到細讀法的影響。此處是以一個現代詩評論上常見的術語「詩質」[9],來切入新批評對蕭蕭的方法論的影響。

「詩質」是個未被嚴格定義但是在現代詩評論中普遍被人使用的術語,由字面意義來看,「詩質」包含了「詩的本質」與「詩的質量」的兩種含意,在現代詩評論觀念流變史中,由新批評的字質說引伸出來的詩質濃縮的說法在六○、七○年代是十分盛行的。新批評的這種「字質稠密」的說法源自其理論要求將文學作品看做客觀物體,並且要求以科學方法研究。因此詩被視爲具有質量之物,可以濃縮也可以稀釋。在這種影響之下,蕭蕭也不例外:「換言之:詩的語言需要經過一番濃縮的的功夫,俾能以最精少的語言求取詩之極大包容,但這種濃縮是內在的呼喚,內在的運動,因此無視於語言之以何種姿態出現。」(《鏡中鏡》,頁91)

既然詩可以像液體一樣濃縮、稀釋。那麼另一個物理學

9　見《孟樊新批評詩學》,頁82-85。

名詞「張力」（tension）[10]也被順理成章的引用到新批評的評論中，張力也一樣是在這種「物質科學」背景之生成的文批術語。張力指的是：「我所說的詩的意義就是指它的張力，即我們在詩中所能發現的全部外展和內包的有機整體。」（趙毅恆，頁117）

　　例如蕭蕭在詮釋林鋒雄的〈淨上〉的詩名與反應流浪漢餓死的現實對比所產生的閱讀效果時，作如是的分析：「『誤引』要勝於『對比』的原因也在這裡，對比的作用顯然極為有限，極為薄弱，只有進一步利用『對比』作基礎，發展『誤引』，才能使詩更具魅力，而且加強了詩的張力與動力。」（《鏡中鏡》，頁5）「淨土」此一名詞帶給人清靜美好的感受，但是林鋒雄此詩主題卻是流浪漢餓死（或溺死）悽慘的景狀，這兩種極端對立的感受使得此詩令人再三玩味如此安排的原因，所帶來的啟示為何？而蕭蕭便以引發詩的張力的自創名詞「誤引」來說明。

　　龔鵬程《文學批評的視野》〈細部批評導論〉提出中國傳統評點也是一種細部批評，而蕭蕭的細部批評是否為中國傳統的細部批評呢？不是！因為一來蕭蕭的細部批評與其詩之本體論有著關連，而中國的細部批評並不將詩文的形式要求標舉到本體的位置。二來蕭蕭的批評隱含著詩文之佳需含有有機之整體概念，意象之間的彼此呼應支持，這點與中國細部批評就單表現技巧而言多了著重文學作品自身的成分。當然，也不能說蕭蕭沒有這方面的影響，因為整體而言，蕭蕭詩學以中國傳統的意境（由言外之意帶出）完成為理想美感，這是主要的參考

10　趙毅衡分析張力：「外延與內涵原是指詞彙意義而說的。外延指『適合於某一概念的一切對象』，而內涵是指『反映於概念中的對象本質屬性的總和』。但退特在這層意思上有所引申，他把外延作為詩的意象之間概念上的聯繫，而內涵指的是感情色彩，聯想意義等。……『張力』這個概念後來被其他新批評發展引伸，成為詩歌內部各矛盾因素對立統一現象的總稱。」（〈論詩的張力〉《新批評文集》，頁108-10）。

架構，新批評、細部批評都傾向在方法實踐上，其影響是較微細的。

如果說蕭蕭運用新批評作爲現代詩批評的話，便會產生一個疑點，即新批評是極端的形式主義，文本中心的學派，爲了確立形式的重要性，還發展出斬斷作品與作者、讀者之間關係的「意圖謬見」（intentional fallacy）與「感受謬見」（affective fallacy）[11]。

但是蕭蕭並非如此，蕭蕭不但常常將自己閱讀的感受當作討論的中心，同時也常由周邊資料佐證詩人創作時的想法。因此而被稱之爲最貼近作者的評論家。一方面當然是因爲新批評的主張太過狹隘[12]，其次也證明了蕭蕭的詩學是以中國詩學爲中心。新批評提供了蕭蕭在分析作品時的一個技術依據，並且影響了蕭蕭對詩中境界的看法，但是新批評畢竟沒有取得蕭蕭詩學中的中心意義。

二、蕭蕭批評的方法

李瑞騰肯定蕭蕭的批評方法：

> 當然批評實務的貫徹是需要強而有力的理論根據，一個完整批評系統的建立，若非從傳統詩觀出發，則很可能導致削足適履的絕大危機，蕭蕭以詩的詮釋做爲詩學研究自然

---

11 意圖謬見在於將詩與詩的產生過程相混淆，這是哲學家們稱爲＂起源謬見＂（The Genetic Fallacy）的一種特例，其始是從寫詩的心理原因中推衍批評標準，其終則是傳記式批評和相對主義。感受謬見則在於將詩和詩的結果相混淆，也就是詩是什麼和它所產生的效果。這是認識論上懷疑主義的一種特例，雖然在提法上彷彿比各種形式的全面懷疑有更充分的論據。其始是從詩的心理效果推衍出批評標準，其終則是印象主義和相對主義。不論是意圖謬見還是感受謬見，這種似是而非的理論，結果都會使詩本身作爲批評判斷的具體對象趨於消失。」（維姆薩特〈感受謬見〉《新批評文集》，頁228）

12 只講究文本分析的新批評派，不得不走向這一步才能維持其理論的一貫性，但是如此一來其理論過於狹隘的缺點也隨之暴露，意圖謬見與感受謬見的提出在當時如維姆薩特等其他新批評派也不能認同。

且明智的起點，不斷地將傳統詩作取來和所論述對象做類比或對比研究，適當地採取傳統詩學理念做為串聯整體詩作的中心線，可以說適時地免去了上述的危機，使得傳統詩學與現代詩學在結合上有了新的意義。

——（李瑞騰〈「鏡中鏡」話〉，創世紀46期，1977.12，頁62）

　　蕭蕭的批評方法的確值得肯定，同時李瑞騰也同時指出一些蕭蕭的批評方法，但是這些方法過於零星，是以本文欲尋求更周密，以及更能與蕭蕭理論呼應的分析方法。

　　方法是為了達到目的而設立的思考或行動的程序，原則。因此可以說是「目的」決定「方法」是什麼。落實到文學評論上來說，評論家所使用的方法實則決定於所抱持的文學觀念。蕭蕭的文學觀念並非取教化人生的規範意義，也不是走建構知識，講究嚴密邏輯的知識意義，蕭蕭的詩學觀念勿寧說是以審美為取向。因此分析作品如何產生美感，使人感受到美感的原因起源成為蕭蕭方法論[13]的核心。

　　以蕭蕭的分析來說，美感來自文字的構成，以及作者的用心與讀者的會心神會感悟的片刻。同時，現代詩不脫中國詩的範疇，加上古今人的審美是不變的，因此以古典詩與現代詩比對分析也是蕭蕭重要的方法論構成，以下詳細說明：

（一）尋求由作者到讀者間傳遞的感動

　　蕭蕭的感動是一種由作者自身的感發出發，透過作品的完好構造將之呈顯，並且也使讀者得到感動的動態關係。因此如何穿透由作者之意到讀者如何體會作者用心當中的層層隔絕

13　周慶華將文學批評的目的分為知識取向、美感取向以及規範取向三種，分別對應真、善、美三種人類最常追求的價值。蕭蕭的批評目的是以追求美感為主的。見《台灣當代文學理論》（台北：揚智，1996）頁182。

變成蕭蕭分析詩的重要方法。在這裡我們把問題分幾個層次來談，首先是關於作者之意的討論：

重視詩人的特質以及其關於創作的意見，是蕭蕭評論文章經常出現的方式，蕭蕭說：「有時候認識了詩人，重讀他的詩作，腦中不免又浮現起孟子的話『讀其詩，不知其人可乎？』」（《現代詩縱橫觀》，頁69-70）。同時，《鏡中鏡》的提要也這樣掌握蕭蕭批評的特色：「蕭蕭俯腰去體察、去貼近詩人原意，循此豐富的蘊涵，揆撥詩的真貌，所以有人說：『詩人是新秩序的建造者，蕭蕭是此一新秩序的發現者與詮釋者。』」此為意義特殊之三。（《鏡下鏡》，頁1）

這樣的特色源於蕭蕭對中國詩話傳統有意識的繼承，關於「知人論世」與「以意逆志」的方法自然對蕭蕭會造成影響。詩言志的「志」在蕭蕭詩學體系脈絡中意指人心裡活動的概括總稱，但是作者內心的內心活動是否能被讀者所體察領會卻不是件能被直接檢驗的事。在今日現代文論的發展來說，這種被新批評派斥責為「意圖謬誤」（intentional fallacy）的想法已儼然為常識，但是這分常識是否就絕對站得住腳這就還值得商榷。

誠然我們無法直接體會作者的內心活動，但這並不表示這就絕對不可能知道作者的內心活動，以邏輯來說，「不能肯定」一定能掌握作者意圖不表示「一定不可能」掌握作者意圖，其實這裡的推論是有問題的[14]。

「在推論中，無知不能質變成知識」[15]。由此推論我們所

14　這在邏輯上來說叫做「訴諸無知的謬誤」意即使用某一命題未被證明這一事實，作為其逆命題（opposing proposition）為真的證據。例如「不」能證明上帝存在，並不表示上帝「不存在」，至多只能證明關於上帝存在這件事是尚未有證據可以證明的。套用在本文的脈絡中，作者之意沒有直接證據能被證知，不表示就一定不可能知道作者之意，只能說關於作者之意尚未有證據可以證明得知。

15　中大蕭振邦思想方法課程講義。

能得到的是，保留掌握作者意圖的可能性，並且省思掌握作者意圖的必要與可能。即使我們不能直接知道作者之志，也能透過作品中的表示，以及現實世界中的種種資訊來間接推論出這份作者之志爲何，既然推論得知作者之意可用迂迴的方式得知，因此用隔絕作者與作品與讀者的方式來保持作品純粹性的說詞便顯得過於侷限。

作者之志不單純是不能得知的問題而已，更重要的是，知道以後對我們鑑賞詩是不是有正面的幫助。作者創作的意見，有關作者創作時的情境，乃至於作者自身的特質對分析作品而言不必是絕對的根據，但可以是參考的資料，作爲導出作品中作者的創作企圖而言。

著名符號學家艾柯（Umberto Eco）的關於「典型作者」說法提供我們一個觀察作者之意的新觀點：「換言之典型作者是種聲音，動情地（或專橫地、狡詐地）對我們說話，要我們與它一致。這種聲音呈現出來的即是敘事策略，如一套完整的指示，一步一步地指引我們，我們想當典型讀者，就必須亦步亦趨地跟定它。」（Umberto Eco，2000，頁24）讀者當然有誤讀的自由，但是文學作品畢竟是經由作者把想要表達的意念感受透過文字符號所構成的，作者的意志自然形成一條文字符號中依稀可見的蜿蜒小路，指引著我們。就像Eco巧妙的隱喻讀者可以在文學的森林中快步疾行，也可以漫步瀏覽，但如果想要獲得更多驚喜則不妨在作者之前虔誠一點，跟隨著典型作者的腳步來遊歷。

從閱讀者的身份在跳躍到評論者的特殊讀者身分，重點不在詩人當時的企圖是否能被完全掌握，而是詩人的創作企圖決定詩的形式以及美感，因此由文中脈絡爲主，輔以能夠掌握的的歷史材料，務其分析出詩能給讀者帶來的美感爲何的分析。因此這種批評並不若主張新批評的學者所謂的毫無價值，因爲

分析不在於尋求歷史價值。而在於詩人的創作企圖、企圖給出什麼，並討論給出的好不好。

以蕭蕭分析洛夫〈無岸之河〉說明，蕭蕭引用了洛夫的自序說明，點出詩的背景是描寫越戰，蕭蕭分析道：

> 順著這三個意象，我們仍然可以找出「無岸之河」的層次關係，這些個層次關係對於了解這首詩卻是必須的。第一層次：對於戰爭，洛夫所抓住的並不是它的殘酷和血腥，他所抓住的是一條兇猛的河，隨處蕩流，沖撞—而河又是一面鏡，勾勒出人性一切的弱點；最終，他又指出血是鏡子的另一面：對於戰爭，洛夫所抓住的正是人性中一種「不得不」的本質。由於「鏡」由於「血」，因此才進入第二層次：探討戰爭中自我的存在價值如何，這種「舉槍向天每顆星都是自己」的逼視，前因是「鏡」，後果卻是「血」，自我退縮，以至於不可明辨。所以到了第三層，他倒了下去，臥成一條無岸的河，是一種不得不的「結局」。

—— (《鏡中鏡》，頁57-58)

〈無岸之河〉讀後就閱讀者而言，似乎可見一知覺場，感受到一個持槍守夜的士兵無聊又無奈的守夜過程。在這樣的情境暗示中，讀者不一定知道這個場景指陳越戰的背景，讀後也不一定能感受到洛夫對戰爭採取批判卻又無可奈何的複雜情緒。但是透過洛夫的說明與蕭蕭的詮釋，這首詩對戰爭的厭惡以及對人類本性深處的暴力的無奈藉著真實世界中越戰的對比而更顯出觸動人情感的力量。

當然蕭蕭的詮釋不表示這就是這首詩的正確解答，也不是唯一的詮釋方式。現代詩要留給讀者各種不同詮釋的空間原本

就是蕭蕭要求的現代詩特質之一。既然如此，蕭蕭爲何還要標舉作者之意來解釋詩呢？這必須把蕭蕭的評論放回當時現代詩流行超現實主義，產生晦澀的弊病講起。

由於現代主義流行、國府文藝政策太過僵化等等種種原因[16]，現代詩一度走向晦澀難解，詩人內心世界特有的思想語法、意象的象徵意義都過於個人而無法爲人所瞭解。援引詩人自己的自白創作企圖來幫助串連這些只有詩人自己知道的關連性也不失爲在當時進行現代詩評論者的一條權宜之計。

對應於理想作者（敘事策略）以及作者之意的考察，蕭蕭也努力將自己的閱讀感受呈現在他的評論中，分析字句以究察自己的感受從何而來，爲何而來。

> 瘂弦與鄭愁予、楊牧，雖然同爲婉約詩人，寫作「冷肅柔美的詩」各自享有令譽，但其間另有個別差異。鄭愁予外柔內剛，一股對人生對自然堅毅不撓的氣勢貫串在其中，楊牧是吟唱詩人，自吟自唱，對歷史古典懷抱著永遠的虔誠，對眞與美一往情深；瘂弦則臂擁現實的苦難，唇吻大地的傷痕，顯現投入現實泥沼的心意，而恆以短促而響亮的笛音陪伴時穩時躓的腳步。
>
> ——（《燈下燈》，頁156）

這種印象式批評雖然被人詬病語意模糊、不夠清楚，但是這是蕭蕭本於對詩人風格印象的整體概論，訴諸主體感受最直

---

16 一般的說法是認爲五六○年代的晦澀詩風源自於政府的高壓統治，以及反共文學的提倡，因此導致詩人有意晦澀逃避檢查，並且追尋心靈自由。見鄭明娳《當代台灣政治文學論》。但是奚密提出晦澀詩風可以追究到日據時代風車詩社，以及大陸時期李金髮等人的學習法國超現實主義軌跡。見奚密《現當代詩文錄》。另外唐捐在他的博士論文中提出軍人詩人此一社群特別的生命經歷導致其語言策略的轉向。見唐捐《軍旅詩人的異端性格》台大89學年度博士論文。

接的表達。雖然不能在分析邏輯上說服人,卻透過情感的方式來動人,使人有心有戚戚的同感,這正是中國古典詩話常有的特色。根據自身的感受來分析詩作,蕭蕭還有概略表達以外更深入的作法。

> 反覆誦讀,「對啦,是那陣舞」所給予的驚覺,在這首詩中產生的效果卻是不可言喻的。因為「火壁之舞」這首詩使人沒入難以名狀的神秘氛圍中,「我們陷於山與山的對流裡」,「掌推開我們的面向,伸出而抓去我們的髮皮」自我至此已無可辨識,如果沒有這句詩句所提供的意識的認知驚覺,我們從始就為火壁之舞所掩埋,溺游於斯,而火壁之舞所予人的神秘恐怖,勢必削減,無法達到由驚覺以至無聲所發射出來的那種強烈震撼。
>
> ——(《鏡中鏡》,頁91)

在這段分析中,蕭蕭先掌握了讀後的感受基本上是一種「驚覺」之感,然後在反覆誦讀間認定「對啦,是那陣舞」這句詩句將以上形成驚覺感受的晦澀詩句找出一個被描述對象的主體,嘗試著為全詩找出一個可以被認知的意義。

> 審驗大荒,他的長詩較其他詩人應該有其獨特異人之處,我們會發覺異乎常情、無可抗禦的尖銳感直衝眼前,有時合而為一股,有時散置成數點,甚至可以說,直衝眼前的尖銳感幾乎取代了長詩所追求的氣勢。現在,我們且拿「存愁」這首詩,從「尖銳感」的單一方向來刺探大荒的某些消息。
>
> ——(《鏡中鏡》,頁271)

在討論大荒的詩作中，蕭蕭反省閱讀大荒的詩帶來了尖銳感的感受，將肉體上的痛覺當作討論詩作的定向，更由此分析出大荒的詩在內容題材的選取上傾向暴露現實生活的不快醜陋，在字句選取上偏好擠、迸、血等引發刺痛知覺的字眼，這種分析說明了引發讀者感受的原因，並且進一步討論這種感受背後的意義在於藉由痛覺喚起對現實的諷刺。如此評論的讀者不但能瞭解詩喚起的意義，也能瞭解技巧與表達間的奧秘。

蕭蕭的這些分析如何可能為真？假使本文對作者之意形成作品中的企圖，以及讀者對文字產生在創作而形成美學客體的兩個面向以論述清楚，那麼可以發現作者之意與讀者之意會以一種「同構」的方式相與接近。在中國文學理論的領域裡，這就叫「會心」（註[17]）。

杜威（John Dewey，1859～1952）說：

> 如要感覺，觀者必須創造他自己的經驗。而他的創造必須包括與原作者所經過的相當的種種關係。它們不可能一樣。但在感覺者，正像在藝術家方面，一定具有全體要素的一個秩序，那是，在形式上，雖然不是在細節上與作品的創造者自覺地經驗過的組織的過程是一樣的。
>
> ──（轉引自劉若愚《中國文學理論》，1981，頁317）

誠然做為作者與讀者，經驗中我們不可能瞭解全然對方能百分百瞭解自己的心意，但是透過文字意象甚至是當面的感受，我們是有可能知道彼此已經大約「知道」的這件事，甚至進一步得到滿足。蕭蕭曾提出葉維廉的有一事件來加以說明：

---

17 指讀者對作品藝術意涵的聯想體會而同作家作品產生共鳴。最早出現於《世說新語‧言語》：「簡文入華林園，顧謂左右曰：『會心處不必在遠。翳然林水，便自有濠濮間想也。』」

葉維廉在詩後有後記，指出他在一池藍色的水邊看兒女學游泳，瞿然被上面五首詩所佔領，前後只花了十分鐘就從腦中源源本本抄了下來，他當時很驚訝，也很不安，很惑亂。而最令他想不到的是：「第二天凌晨四時，二哥越洋來電話，說：母親已撒手了。」這段後記對我們了解這首詩，極有幫助，或者說，這才是一個正確的方向。

──（《燈下燈》，頁114）

這樣一件近乎超自然的事件，當然不能當作嚴密的邏輯證據使用，但是卻能當作一種文論上的隱喻，暗示我們在人與人的心靈之間是有可能溝通，而不至於淪落到存在主義的虛無空虛。

（二）著重詩句的細部分析以求美感產生的原因

雖然在分析方法上蕭蕭首重創作者與閱讀者間的「會心」，但是這種「會心」必然建構在詩文字的良好構成上。因此除了討論創作者與讀者的部分外，細部分析便成為最重要的方法構成。先從蕭蕭對詩的形式結構分析說起：

文字的歧異性，以及所給出的知覺場都來自文字的構作，因此如何使文字的組合排列顯現出所要求的效果是蕭蕭批評詩作的重點。舉蕭蕭評論〈銀河〉與〈銀河的變奏〉來說明。施善繼在詩集《傘季》收錄了〈銀河〉與〈銀河的變奏〉兩首詩，〈銀河〉的全篇形式是分成三節，每節七行，每行十九個字不加標點符號，整齊如矩陣。而〈銀河的變奏〉是〈銀河〉的改寫，將原來形式打散，依作者之意將之以一般現代詩的形式分行重寫。蕭蕭認為兩種形式都各自有優缺點，但是整體而言，蕭蕭比較贊成〈銀河〉的矩陣形式，原因是：「由於詩必

須擁有某種『岐義性』，而銀河所用的字語和不加分行標點的作法，可以使他達及這項要求。」（《鏡中鏡》，頁66）

　　例如：「將啓示錄焚化使它幡飛片片蛺蝶片片舞蹈的芭蕾」，在閱讀時可以斷成「將啓示錄焚化／使它幡飛片片／蛺蝶片片／舞蹈的芭蕾」或者「將啓示錄焚化／使它幡飛／片片蛺蝶／片片舞蹈的芭蕾」，但是最後施善繼在〈銀河的變奏〉中斷成「將啓示錄焚化／使它幡飛片片／蛺蝶片片舞蹈的芭蕾」。施善繼的斷法，接近第一句的斷法，但是形式上的岐義性就不如可以暗示出兩種斷法以上的〈銀河〉十九字一行寫法。

　　除了形式要求，蕭蕭在語法修辭上的講究也是常見的評論方法。

　　「一山千石的姿態／一水萬里的聲音／一樹會笑的花／一條會歌的河／一棵菩提的悟」　就詩的語言而論，「一樹會笑的花」卻是本詩的敗筆，一首詩中，三次出現「笑」、兩次出現「花」，意義相同，實爲不智。又：「一棵菩提的悟」則失之於顯露，如果改以「一棵長綠的菩提」去暗示悟境，是否更能拓展詩之意？

　　就修辭的分析來看，蕭蕭指出的字詞的重複性的確是很基本的缺失，此外以暗示替代顯露的詩句，將使詩所產生的知覺場更富有深沈的韻味。再看另一個例子：

　　　這是作者自覺地發現「的」字的多餘，在變奏時將它棄去。在第三節有如下的句子：「那時他給你帶去雞冠花檳榔水粉胭脂並沒有什麼茫然的傳奇」，我們以爲「雞冠花，檳榔，水粉，胭脂」並不是很強烈的，非要不可的意象，以說是一種實寫，因此，多一項少一項，於詩都無礙，爲了字數作者可以任意增減，這是作者取巧的地方，

然而，就請來說，這是詩的鬆懈，失卻「精確」的要求，應該說是失敗之處。

——（《鏡中鏡》，頁118）

除了形式與修辭技巧的講究之外，結構的有機統一性也是蕭蕭重要的論詩要點。在新批評的影響下，文學作品應當要形成有機的統一結構已經是成為當代對文學的普遍看法，維姆薩特認為：

因為在那樣情況下，我們可以把那些有「詩意」的意象收集成花束，根據公式來製造詩篇。但一首詩裡的種種因素是互相聯繫的，不像排列在一個花束上面的花朵，倒像與一棵活著的草木的其他部分相聯繫的花朵。詩的美在於整枝草木的開花，他需要莖、葉和隱伏的根。

——（〈反諷一種結構原則〉《新批評文集》，頁334）

蕭蕭很重視意象連結之間產生的藝術效果，蕭蕭說：「這首散曲的成功在於「枯藤」、「老樹」以至於「西風」、「瘦馬」之間產生了交感，此種交感並不一定需要表動狀態的辭彙，乃由「物」之本身，「意象」之本身，自我完成」（《鏡中鏡》，頁184）作為文字結構的意象彼此之間當然沒什麼產生交感的問題，因為會覺得意象之間產生交感的只有讀者而已。蕭蕭所以如此強調是為了說明不必用文字連結意象之間的關係，讀者的視知覺自然能使意象的連結交感產生意義。而意象與意象之間的文字關連就決定了意象所帶來的美感效果。蕭蕭評論洛夫的〈無岸之河〉時，曾提出意象的串連有「條貫、圓容、環接、焰射」等四種形式，並且以右頁列的圖加以表示：

蕭蕭所提出的這四種意象連結的形式相當值得討論，第一種形式「條貫」（A圖）蕭蕭解釋：「以一直線貫串其中，意象與意象之間有著向前推進的功用」，比對蕭蕭舉例的詩：洛

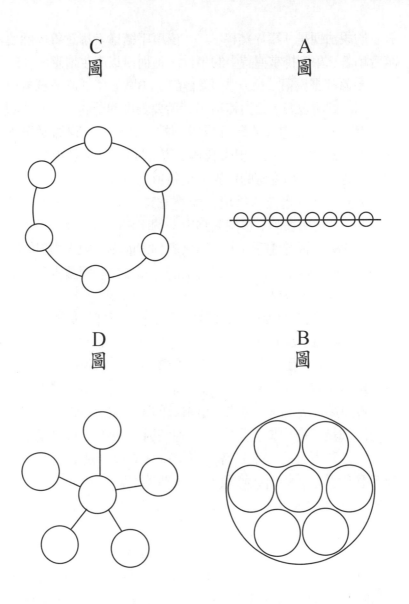

夫〈石室之死亡〉第一節與李商隱〈落花〉,則可以發現所謂的「向前推進的功用」指詩中事件進行的時間順序,以結構主

義者的說法便是「事序結構」[18]。依事序結構安排意象，能使讀者順著意象安排掌握詩中的事件，進而得以產生情感。

蕭蕭解釋爲第二種方法「圓容」（B圖）：「許多意象爲一透明的圓所包容，合力鎔冶出詩所要表現的蘊涵。」。「圓容」概念相近於中國傳統詩學所謂的「意境」。蕭蕭又舉李商隱的詩說明：「以『巴山夜雨』這個圓，含括詩中幾個意象，將詩推入一種空靈的境界。這首詩之所以好，便在於一種圓融的統攝，使詩達入妙境；雖然意象本身並沒有特出的創作。」。「巴山夜雨」這個圓點出一個深邃的山中夜雨景致，在此背景中，讀者透過詩人的描寫看到窗前燭下兩人相對的圖畫，這一切便給讀者自由聯想的空間。關於這些閱讀審美過程正是「意境」的效果。

第三種方法（C圖）以蕭蕭的解釋來看，即相似於「蒙太奇」電影拍攝手法的意象並置。意象與意象之間並沒有明顯的因果關係，而促使讀者深入思考其間隱性內在的因緣。

第四種方式「焰射」（D圖）是現代詩寫作中常被人運用的意象連接方法，耐人尋味的是蕭蕭的圖示並沒有標示，到底四周的圓是指向中央還是由中央的圓射向四周。而實際上兩種方向都是可行的，李元洛便將這兩種方向分別命名爲「輻輳式意象」、「輻射式意象」（《詩美學》，1990，頁195-197）。這四種意象連結的方式各自又表達出不同的效果與意義。

此外蕭蕭也曾用瓜葛、交感、與距離說三種說法來分析羅門的詩，這種分類也是藉由分析意象的關連如何形塑美感。瓜葛指的是意象的連結比較牽強，而交感指意象之間的連結彼此在情調上互相協調，能引發讀者渾然天成的閱讀感受。意象的

---

18 「『事序結構』可以解釋爲動作依照時序和因果關係的呈現。」佛克馬、蟻布思合著；袁鶴翔等譯《二十世紀文學理論》（台北：書林，1987），頁15-16。

連結也非萬靈丹。蕭蕭也提出羅門因疊用意象過於繁複，而產生閱讀困難的問題。蕭蕭說：「另一是欠缺高潮，這個意思也可說是整篇詩都在高潮中，因此無法感知高潮的所在，譬如一張緊繃的弓，繃久了難免會失去它的彈力，雖然羅門的詩大多為渾和的美好氣氛所涵籠，但是如果能在必要的時候處理好一處或兩處高潮，則羅門的詩自然達及完全的美好。」（《現代詩學》，頁426）

（三）調和中國詩學傳統與現代詩批評的嘗試

　　蕭蕭有意識為現代詩評論引入中國文學理論自不待言，而引入有分為本學本論與文學分論兩部分來看，關於中國文學理論對蕭蕭整體文學觀念的影響，在上一章已說明，本章將集中討論蕭蕭如何運用中國文學理論來作為批評方法。

　　中國傳統詩論與文論範圍廣大複雜，同時中國傳統詩、文論並沒有形成一套可供實際分析操作用的系統，因此蕭蕭雖有心轉化中國古典詩論文論以為現代詩批評所用，但卻不得不依己意加以轉化，最後得到兩種主要的批評方式，一者是透過古典詩與現代詩的比較，二者是與透過古典文論來詮釋現代詩應有的文學特質這兩種主要方式，首先來談談比較。

1. 與古典詩的比較

　　由於蕭蕭相信同樣是中文字，同樣在中國文化的影響之下，因此蕭蕭認為現代詩與古典詩之間是可以融通相互比較的。這樣的信念具體實踐在蕭蕭隨處可見引用古典詩句來比對。錢鍾書管錐篇對比較文學的方法論：即識同與辨異，可以作為分析蕭蕭比較古典詩的切入點。

　　以識同來說，有時蕭蕭舉古典詩是要證明某種文學特質是古典詩與現代詩所共通的。例如：「詩人的想像很可能『超

現實』為不同凡響的妄想,這種妄想,超出常情常理太多,古今詩人卻是一樣酷嗜此好。『安得壯士挽天河,淨洗甲兵長不用』——杜甫《洗兵行》;『長繩縱繫斜陽位,隻手難移故國來』——陸遊《春晚書懷》。」(《現代詩學》,頁321)蕭蕭將超現實主義轉為超現實創作技巧,同時點出古今詩人都有超現實技巧的運用。

再以辨異而言,蕭蕭舉古典詩是要證明現代詩在形式以及思考空間的突破下,現代詩能比古典詩表達的更多更好。

> 午夜,一個哨兵/從槍管中窺視著/一次日出/中國古詩極少這種例子——李白的「白髮三千丈」,李義山的「滄海月明珠有淚,藍田玉暖日生煙」,在通常的想像中這是很不可能的事,但是詩人這樣寫來,初讀似乎不通,仔細玩味卻更加見出詩人想像的廣闊。
>
> —— (《現代詩學》,頁20)

> 可惜能寫這類詩的人並不多,大詩人杜甫有「戲作徘諧體遣悶」二首,似乎也找不到適量的諧趣,引其諧趣多些的第一首於後,請參看:異俗可吁怪,斯人難並居,家家養烏鬼,頓頓食黃魚。舊識難為態,新知已暗疏,治生且耕鑿,只有不關渠。 如果要從古典詩歌中找到諧趣,或許只有就打油詩或俗文學中下手了。現代詩則不然,現代詩中有相當多的奇情與諧趣,詩人紀弦、管管、瘂弦、余光中、羅青、非馬、渡也等人,都有極為傑出的表現。
>
> —— (《現代詩學》,頁114)

除了詩作的比較之外,蕭蕭在討論某一現代詩現象時,往往先從中國古代典籍中,找尋有關此一現象的歷史淵源,名

詞典故，接著才進入現代詩的討論。例如：蕭蕭想討論現在詩中的幽默感，先從論語中孔子幾則有幽默感的事件起頭，接著用《史記・滑稽列傳》的解釋中尋求關於滑稽的解釋並以爲定義：

> 一、「滑稽」是一種流酒器，崔浩《漢記》「音義」曰：「滑稽，酒器也，轉注吐酒，終日不已。」因此，出口成章，詞不窮竭，像滑稽（酒器）之吐酒，就是「滑稽」的第一個含義。二、滑，謂亂也，稽，同也。言詞辯捷的人，言非若是，說是若非，能亂同異，這就是滑稽。《楚辭》云：「突梯滑稽，如脂如韋。」是也。三、滑稽，猶徘諧也，指的是諧語滑利，其智計疾出。綜合這三種含義，滑稽一詞應包括言詞流利，智計疾出，而且能亂同異。
>
> ——（《現代詩學》，頁114）

關於蕭蕭引用古典文獻的方式有值得一提的地方，蕭蕭欲討論某一詩學現象，往往先討論的現象的自然源由，接著討論現象在古典文獻中的論述，這樣的順序似乎受了文心雕龍的體例影響，先以原道、宗經（以古典文獻作爲經典的代表）開始。這裡也可以看到蕭蕭受到中國文學理論影響。

2. 古典詩學的新詮釋

蕭蕭常用幾個重要的術語以及背後所代表的觀念來詮釋現代詩應該具備的種種特質、創作技巧等等（難免或有過度詮釋和忽略原來理論脈絡之嫌，這部分問題將在第五章討論）。蕭蕭詩學中常談到的術語觀念有：興觀群怨、賦比興、詩言志。以下分別討論：

「詩言志」在蕭蕭詩學體系中有著非常大的重要性，因爲「詩言志」是蕭蕭主張詩要抒情的重要依據。蕭蕭藉由重新詮釋「志」的定義爲心的總體活動，因此以言志統攝心裡的情感（緣情）與理想目標（言志）兩種不同的心裡活動，使蕭蕭的現代詩學的範圍能夠更加廣闊。

蕭蕭再用「詩言志」作實際批評時，最常用的是對紀弦的批評。蕭蕭稱紀弦爲「述志詩的先知」、又說「紀弦好的詩篇大約就是述志詩。『詩言志，歌永言』，原本就是一個正確的方向。」（《燈下燈》，頁194），因爲紀弦隨性所爲，無視他人眼光的表現自我的態度，正式把自己的志向與情感表露無遺。

蕭蕭也常用「興觀群怨」這個術語，並且運用在政治詩上。

當孔子說「詩可以興，可以觀，可以群，可以怨」的時候，詩，也就是「政治詩」的實質內涵，已經十分清楚了！從《詩經》的「風」開始，中國早就有了政治詩，從「雅」與「頌」中，我們也印證了政治與詩的結合。孔子以「興、觀、群、怨」四字含括政治詩的不同面貌，十分周全、完善。兩千五百年後的今天，青年詩人苦苓出版他的第二本詩集《躺在地上看星的人》，號稱「突破了文學困境和現實禁忌，獨自開創『政治詩』的新局，堪稱第一個把目光同時投注海峽兩岸的中國詩人。」他的政治詩也不外乎興觀群怨！

——（《現代詩學》，頁496）

蕭蕭將「興觀群怨」解釋爲「以感興引發、寫實、激發大多數人的共同感應、宣洩群眾心中不滿的情緒。」並且蕭蕭舉

「興觀群怨」為解釋政治詩的門徑倒是妥貼，因為詩與政治的課題在中國詩學中關切的課題。孟樊說：「因為中國文化把政治也就是協調人際關係看得高於一切，因而它早就要求文學一面敏銳地反應政治，另一方面又要有利於促進政治。大約出現在漢代的《毛詩大序》，就已經對此做了明確的闡述；雖然這通常被看做是儒家的文學觀，但是其實是整個中國文化都有這種傾向。」（鄭明娳，1994，頁317）

在第二章與第三章中，本文討論了蕭蕭的理論以及批評方法，試圖掌握蕭蕭詩學的全貌，因為只有理論沒有進行分析以及只有批評沒有所本的中心理論都不能算是成功的文學理論。蕭蕭的文學評論則有理論也能方法的運用，由此可看出其理論的全面性。

蕭蕭的理論與批評方法都還是在內緣研究的範圍。當瞭解蕭蕭怎麼想之後，新的問題浮現，為什麼蕭蕭要這樣想？蕭蕭的想法是否與他生存的現實環境與文化環境有所互動？這些問題的釐清都不是內緣研究所能解釋，由此本文將進入外緣研究以繼續嘗試為蕭蕭作定影的工作。

三、蕭蕭批評的實踐

我們透過蕭蕭詩學理論的重建、批評方法的反省，企圖建立由對詩的基本看法乃至貫串評論方法應用的縱向體系，但是著重理論的抽象討論，容易忽略具體事實而落入空想臆度的可能，因此本章將本持所重建的理論來考察蕭蕭詩學的各個不同面向，檢視文學理論與實際批評之間的距離；另一方面將觀察蕭蕭的文學品味落實在不同面向的批評時，所發生的效果。

全面清理蕭蕭的論詩文章，可區分為三個面向，主要以論人論詩的專論為主，其次是關於各種詩學現象的分析，當然蕭蕭長年專注的現代詩賞析、教學的作品也不在少數，總此三個

面向以涵括蕭蕭的絕大部分論詩文章。

（一）詩人詩作論

　　由於蕭蕭重視詩人本身，並且喜將對詩人的印象來印證詩作，蕭蕭的實際批評中，詩人論佔了最大也最重要的比例。歸納統計蕭蕭所有評詩論文，一共評論過二十九人（指專寫一篇文章以上來討論者，文中舉例提及者不在此列），他們分別是葉維廉、蘇紹連、碧果、辛牧、羅門、陳芳明、洛夫、向陽、瘂弦、吳晟、席慕蓉、苦苓、胡適、紀弦、余光中、鄭愁予、張默、岩上、林煥彰、羅青、李昌憲、楊平、向明、夏宇、月曲了、和權、莊垂明、尹玲、管管。其中有些詩人被蕭蕭一再提起，有些文章另類似介紹，因此本文選取蕭蕭集中討論的九位詩人，加以分析蕭蕭一再提起的原因，詩人與蕭蕭詩學體系的關係，以及他人對於這樣評論的看法，以確定蕭蕭是否批評中的，並反省蕭蕭批評可能的缺漏。

1. 論洛夫

　　一種詩體要成為一個時代的主要文學類型，需要一位震古鑠今的大師。這位大師應該是近乎癡迷的詩體實驗者，一生以絕大部分的時間專注於詩的創作，……更重要的是，他有自己的詩觀，獨特的人生看法，處世態度，因此，他才可能震古鑠今。因為他震古鑠今，所以他所努力的詩體勢將成為時代的標誌……至於洛夫，會是那位震古鑠今的大師嗎？…要問歷史。

　　　　　　　　　　　　　　　——（《現代詩廊廡》，頁169）

　　雖然，蕭蕭並沒有直接說洛夫就是那位大師，但是至少在蕭蕭的觀念裡，洛夫便的確具有那樣的地位。蕭蕭最早成名於

詩壇的驚豔之作，就是以分析洛夫〈無岸之河〉總共長達三萬字的三篇文章。同時早期的蕭蕭是有意作洛夫的專人研究的：「詩人的專論目前尚未有專書出現，據所知，陳芳明的的余光中研究，羅青的亞弦研究，蕭蕭的洛夫研究，都正在撰述中，期盼這些專論早日完成，期待更多有成就的詩人，好的詩作，有人論列。」（《燈下燈》，頁64）蕭蕭的洛夫研究雖然沒有完成，但是蕭蕭也有三篇論洛夫的文章，以及編選了評論洛夫的詩作評論集《詩魔的蛻變—洛夫詩作評論集》，除此之外蕭蕭舉詩例說明，也常常引洛夫的詩為例，在在的一切都說明了，洛夫在蕭蕭詩學中的典律位置。

洛夫成為蕭蕭詩學中的典律，有許多原因。首先是作品引起蕭蕭的認同。當洛夫的超現實詩作實驗的代表作是《石室之死亡》，這時候的蕭蕭還在就讀員林中學初中部。當洛夫的風格已經由超現實晦澀轉向中國山水詩般的講究意境時，正值蕭蕭進入現代詩壇。「吳三連文藝獎」頒給洛夫時的獲獎評語這樣說：「自《魔歌》詩集以後風格漸漸轉變，由繁複趨向簡潔，由激動趨向靜觀，由晦澀趨向明朗，師承古典，而落實生活之企圖顯然可見，成熟之藝術已臻虛實相生、動靜皆宜之境。」

蕭蕭分析洛夫的〈無岸之河〉其實很值得思考。蕭蕭分析〈無岸之河〉的時間，就在組織龍族詩社的前一年，在民國五十九年（1970），台灣的各種外交困境已經發生，洛夫寫的〈無岸之河〉並不會晦澀，而且也有反戰與批判現實的寓意。這種特質既符合蕭蕭要求要抒情、又要有藝術技巧，同時也言之有物，不至於虛無蒼白。

其次是洛夫的詩論也由早期主張超現實主義，轉變成以中國文學理論為主。這與蕭蕭又有另一層契合。例如洛夫說：「當我們面對一片自然美景時，會由靜觀中興起一種悠然神

往,物我兩忘的純粹感應,而進入一種超物之境。這種心理狀態即情景契合的境界,不是可以說得清楚的。這種『不可說』而能感悟到的真境才是詩的本質,也就是嚴滄浪所說的『興趣』,王漁洋所說的『神韻』,袁簡齋所說的『性靈』,克羅齊所說的『情趣』,王靜安則歸納之謂『境界』。」(《詩人之鏡》,1969,頁86),洛夫的話是代表了他個人研究理論與揉合自己創作經驗的發言。雖然不能直接當成舉有理論效力的話引用,但是與蕭蕭嘗試以中國古典文學的研究方向其實是相當契合的。蕭蕭既可以直接引用具有禪味的詩作,又可援引洛夫反省中國詩論所得的心得,無怪乎洛夫被蕭蕭一再引用,成為蕭蕭詩學系統中的典律。

2. 論紀弦

　　做為現代詩的開創者,紀弦有其理論上的建樹,也有其創作上的矛盾,譬如:紀弦認為現代詩是橫的移植,尤其以波特萊爾以降的象徵主義者為其傳承,他創立的現代派極力主張「主知」的詩,凡此種種,均不能在其作品中跟進,甚而有相反的趨勢。「象徵主義」的理論與作品介紹,覃子豪做的比他多,覃子豪的詩也要比他富於象徵色彩,而「主知」的詩,除早期有些實驗性的作品之外,百分之九十以上的作品屬於抒情詩。這兩點是他倡導最力,而在自己的作品中成就最小的。

　　　　　　　　　　　　　　──(《現代詩導讀》,頁7)

　　如果說紀弦的詩不重詩想、不算主知,那紀弦的詩表現出什麼樣的風格呢?張漢良曾經提出在〈狼之獨步〉中勾勒的浪漫英雄與紀弦自己的形象十分貼近。這個英雄具有以下的特徵:崇尚個人價值、反集體主義、反社會、反文明、反傳統甚

至帶點虐待與被虐傾向（《現代詩導讀》，頁2），這些特點都與紀弦反對傳統主張前衛的個人特質以及其在現代詩領域中的活動相互呼應。

蕭蕭喜歡用「詩言志」來詮釋紀弦：「『狼之獨步』可說是一篇『述志詩』，紀弦的大部份詩作，以述志為主，甚至於可以說，紀弦好的詩篇大約就是述志詩。『詩言志，歌詠言』，原來就是一個正確的方向。」（《燈下燈》，頁194）此外蕭蕭也不止一次表示他認為〈狼之獨步〉這首詩是最能夠代表紀弦詩人生平個性的代表。

其實紀弦早期不乏富有知性、實驗精神的詩作如〈存在主義〉、〈阿富羅底之死〉、〈跟你們一樣〉。但是蕭蕭還是願意以「詩言志」來形容紀弦，這除了因為紀弦的詩作還是以這種浪漫傾向為主之外，更重要的是，這種不避諱不隱瞞，坦然表現出自我的態度，是重視詩必須表現自我的蕭蕭所稱許的。

3. 論席慕容

席慕容在一九八一年的兩本詩集《七里香》（1981）、《無怨的青春》（1982）一出版就大賣，這成為一個詩評家們爭論批判不已的現象，對席慕容的討論許多都落在她的詩集暢銷這件事上，如孟樊：「席書若不是因為大地、爾雅、圓神等出版社對她的詩青睞有加，若不是有強大的傳播媒體為之造勢（包括廣告、宣傳以及演講等等），若不是由於進入暢銷書排行榜而能一砲而紅（原先她是以畫家而不是詩人的角色被台灣文壇定位的），則她的詩也很難成為獨樹一格的大眾詩。她是出版商的『詩的寵兒』。」（孟樊，1995，頁209）

古繼堂：「席慕容成為台灣詩壇異數的另一個內涵是，她一出現便成了台灣詩壇的『暴發戶』，創造了『軟性詩』的『席慕容現象』。她的詩集成為暢銷書排行榜上的顯位；她的

作品成爲大、中學校女生手中的瑰寶；她的名字成爲報刊、電台的熱門話題；她甚至被看成是台灣『詩中的瓊瑤』。」（古繼堂，1997，頁528）

　　以上的這些嘲諷都一再暗示席慕蓉的創作媚俗，並且帶來不良的影響。這些指責誠如楊宗翰所言：「身爲一個自問『在寫詩的時候，我一無所求』（席慕蓉，2000，頁4）的寫作者，她的憤怒當然應該被傾聽。論者或史家一味強調其「暢銷」現象，除了可以反覆陳述席詩的確受到相當多讀者歡迎這項事實，似乎也未能再生產出何等高見。（楊宗翰〈詩藝之外―詩人席慕蓉與「席慕蓉現象」〉，《竹塹文獻》18期，2001.1，頁74）

　　蕭蕭一反眾人的論述，直接給予席詩高度的肯定：「當我細讀《無怨的青春》之後，我想應該將這冊詩集置放於三十多年來在臺灣的現代詩史之流裡衡量，她的出現與成功，都不應該是偶然。甚至於可以說，她是現代詩裡最容易被發現的『堂奧』，一般詩人卻忽略了。或許眞是詩家的不幸、詩壇的不幸。」（《現代詩學》，頁487）

　　這個所謂堂奧所指爲何？當然一定程度上席慕蓉詩的藝術成就是必須肯定的。根據蕭蕭的分析，席慕蓉的詩充滿「情、韻、事」使得席詩變得動人而且不易落入不易理解的現代詩常被人指責的晦澀之弊。但是藝術成就高的詩人也不在少數，爲什麼別的詩人不能像席慕蓉這麼暢銷？這背後還有文化體系與大眾文學品味的問題值得商榷。

　　現代詩在台灣一向以開創文學潮流的實驗性與創造力見著。這樣的背景可遠紹大陸現代派與台灣風車詩社的超現實主義實驗以降的文學傳統。但是在擁抱傳統的主導文化以及教育、文藝發表園地的多重影響之下，從五○、六○出生成長的普遍大眾的文學品味與現代詩的實驗性格長久以來的格格不

入。長久以來詩集的不暢銷使得詩評論家在不同的世代都具有邊緣的危機感。孰知很簡單的原因是：不論是挖掘現代人特殊經驗的現代主義或是強調挖掘人性中的不快的寫實主義，都因不能符合多數人所擁有的期待視野而不能被接受。

期待視野雖可以因爲新作品的刺激而加以改變，主導文化的影響力，使得被教育的大眾對現代詩的期待往往停留在楊喚的〈夏夜〉、蓉子〈只要我們有根〉、余光中〈鄉愁四韻〉、渡也〈竹〉這類抒情、標舉正面價值、傾向採取中國象徵的詩作，這些傾向也是席慕蓉的詩中的特色，蕭蕭這樣分析：「大學時代，席慕蓉已會作詩填詞，古典詩歌的含蓄精神、溫婉性格、溫柔氣質，自然從她的話中透露出來，不過，她運用的是現代白話言舒散感覺又比古典詩詞更讓人易於親近。同時，她不會浸染於現代詩掙扎蛻化的語言不似一般現代詩那樣高亢、奇絕，蒙古塞外的豪邁之風很適合現代詩，卻未曾重現在她的語字間，清流一般的語言則成爲她的一個主要面貌。」（《現代詩學》，頁484）由於這些特色，正好可以符合大眾對現代詩的期待，與大眾的審美品味相互應和，因此才形成詩集暢銷的現象[19]。

席慕蓉詩集的暢銷一部份的原因正是來自於她未受現代詩壇的影響：「她的詩是一個獨立的世界，自生自長，自圓自誇，不知有漢，無論魏晉，是詩國一處獨立自存的桃花源。」（《現代詩縱橫觀》，頁246）現代詩壇強調創新與實驗性，由六〇年代主流的超現實實驗，到七〇年代政治詩當道批判抗議取向明顯，八〇、九〇年代陳克華、林燿德這些受外國理論影響的詩人標舉後現代、拼貼。抒情傳統的文學品味雖然影響台灣閱讀大眾很長一段時間，卻鮮少站上核心位置。同樣處於

---

19 這個現象可以與九〇年代余秋雨散文暢銷的現象作爲參照，證明這股擁抱傳統的文化一直到九〇年代還是有所影響。

擁抱傳統文化體系中的蕭蕭對席慕蓉的詩有著高度認同感,也因此採取了與其他不同文化體系論者的高評價。

4. 論吳晟、向陽

蕭蕭提出「文化的中國,鄉土的台灣」的呼籲,並不表示蕭蕭不重視鄉土寫實作品,只是蕭蕭堅持詩應有的藝術高度,而不願意為了寫實與批判失去詩的美感。蕭蕭較常分析的詩人中,較具鄉土性格的就是向陽與吳晟。從對他們的分析,我們可以看出蕭蕭理想的鄉土詩發展。

蕭蕭以真與辨兩個概念來定位吳晟這個具有鄉土經驗卻又有知識份子背景的鄉土詩人,正因為吳晟有鄉土經驗與知識份子的眼光,所以吳晟的詩自然具有批判力量。這種批判力量固然是吳晟詩的特色,但蕭蕭不以為這是優點。蕭蕭要求:「我們相信,真正的鄉土之愛還能將傷憐之情昇華為憂國憂民的憂患意識。」(《鏡》,頁191)並且期許吳晟能夠將批判力量轉化為文化的體悟,因為批判性是針對一時而發,但文化的力量卻能歷久不衰。

但是吳晟的批判意識的發展並沒有轉化為藝術技巧,由於亟欲表達以及希望他人能瞭解的前提之下,吳晟後來轉向寫散文。就個人生命志業的選擇原本是無高下的,而蕭蕭的觀點是著眼在美學藝術要求,因此對藝術創作來說,吳晟的轉向就失去追求詩的藝術成就的方向了。

蕭蕭曾經比較過向陽與吳晟的差別:「向陽的『鄉里記事』,有別於吳晟的『吾鄉印象』,前者關懷的對象廣且博,後者刻劃的筆觸深入且真確,『鄉里記事』難免悲喜交集,嘲人諷事,『吾鄉印象』則有自怨自艾,聽天由命的的趨勢。」(《燈》,頁121)向陽雖然同樣關注現實鄉土課題,但是向陽卻不斷開發新的技巧與題材,開創了另一種鄉土詩的局面。

蕭蕭對向陽的分析通常分爲兩方面，向陽形式上的實驗與向陽詩所表現出來的生命感。向陽曾經有一系列台語詩的實驗，對向陽的實驗，蕭蕭是持肯定態度的：「以方言寫就，彷彿就發生在我們身邊，或者竟是昨天的我們，不自覺地有著一份被牽引的歸屬感，這就是方言詩優點的發揮，與吾鄉吾土緊密接合，與故舊的感情相交集。」（《燈下燈》，頁124）但是面對台語詩難免遇到語言隔閡問題，因此蕭蕭曾經提出這樣的建議：

> 整理一套普遍爲大家所接受的台灣語彙。語言的形成是約定俗成的，文學作品所使用的語言也應以約定俗成者爲主，因此，一套可以跟國語相通相譯的台灣語彙需要及早確立……而且，閩南語有音無字的情況很多，一套通行的台灣語彙不僅幫助讀者瞭解詩句，也供給作者選用恰當語詞的機會。
>
> ——（《燈下燈》，頁122）

除了台語詩的實驗外，向陽詩作取材廣泛，由鄉土到情詩到古典的轉化，向陽莫不嘗試，而不拘泥於單一的題材與表現方式，這才是蕭蕭所認可的鄉土詩應有的面貌。

在形式實驗方面，向陽曾經堅持以十行詩的形式表現。並且語言傾向古典雅致。雖然蕭蕭提倡「文化的中國」，但是蕭蕭很清楚文化的提倡不著落於形式語言的要求上，因此蕭蕭直言向陽方言詩的成就要優於十行詩。蕭蕭曾針對鄉土詩發表這樣的感想：

> 第一，現代詩人對於中國文化的精深博大，缺乏深刻的認識，一個最平凡、最膚淺的鄉話，可能含蘊著深奧的智慧

結晶，詩人們往往見到現象，寫出現象，而未挖發實質的本體世界。第二，鄉疇詩容易寫成平白，直接而暴露的語言，不知詩的可貴在於多蘊緒，能含蓄，不知鄉疇的可貴在於相互間的諒解與關愛。第三，眞正有著「鄉」的意識的詩人，能愛自己的本鄉本土，也能維護異鄉異客的愛，更能接納不同的愛鄉方式。偏狹的詩人則執一而爲，排斥異己。

—— （《現代詩縱橫觀》，頁38）

5. 論蘇紹連

蘇紹連可以說是與蕭蕭交集最多、蕭蕭關注最深的詩人。蕭蕭不斷的討論蘇紹連，甚至編蘇紹連的研究目錄（《台灣詩學季刊》27期）。

詩人蘇紹連與詩評家蕭蕭崛起大約同時，在一九七一年兩人與陳芳明、施善繼等人成立龍族詩社，在一九七二年幾乎同時退出龍族詩社而一起成立後浪詩社，之後又先後一起參加或成立詩人季刊與現代詩學季刊的團體。蕭蕭是最早開始討論蘇紹連的評論家，把蕭蕭討論蘇紹連的文章連綴觀之，可以看出蕭蕭作爲一個詩評家的敏銳以及評論方法的轉變過程。

在蘇紹連僅僅發表了幾首詩，尚未結集成詩集之前，蕭蕭就已經注意到蘇紹連，並且分析了他的〈火壁之舞〉、〈春望〉兩首詩。先從〈春望〉談起：

蘇紹連與蕭蕭有大致相同的出身，都是由中文系畢業，也一樣長期擔任中小學國文教師，因此兩人都對中國古典傳統有著瞭解與認同，因此春望的創作與蕭蕭的評論都有妥貼的表現。春望是對杜甫的五律春望的改寫，是蘇紹連所發表三首改寫古典詩創作中較成功的其中之一，蕭蕭以黃山谷的脫胎換骨法來說明在古典原作與現代改寫之間的距離，並且在評論之前

引了杜甫的原詩與顧炎武《日知錄》中的話來說明在文學傳統中創新與傳統之間似即似離的微妙關係，接合古典文論與現代詩創作的企圖十分明顯。

在〈從「火壁之舞」談詩的濃縮〉一文中，蕭蕭透過詩的濃縮來談蘇紹連之首詩，此時的蕭蕭分析詩作仍然以詩質稠密作為分析詩的手法，例如以下的句子「『對啦，是那陣舞』的驚覺，跟『一般之歌』一樣，語言濃縮的結果，而且濃縮的非常成功」（《鏡中鏡》，頁92）。除此之外，蕭蕭準確的把蘇紹連詩中引人驚悚的個人風格與藝術成就作了預言：

> 在這裡，我們將造成詩句和詩境的惶揀，歸功於語言的創新和濃縮，因為類似「茫顧」、「貓」和「秋的夢土」的題材，只有在蘇紹連的筆下才以惶悚出之，對於應轉語言的衝創力，和吟誦語言的思考力，他能相互配合得當，兼顧了創新和濃縮，使得椎心的生之痛楚因以呈現，所以，在「火壁之舞」中，我們見出蘇紹連的詩的濃縮，也見出語言濃縮所給予的悚慄，以此求之目前他的其他詩篇，實有蔚成一股巨流的趨勢，這股巨流預料將成為這一代青年的一個象徵。
>
> ——（《鏡中鏡》，頁96-97）

這樣的言論發表於蘇紹連僅僅發表了幾首詩，甚至還沒集結成集的一九六八年，蕭蕭將後來蘇紹連詩的特色已經完全表露出來，這得力於蕭蕭敏銳的感性。隨著蘇紹連轉向散文詩的創作與蕭蕭個人評論風格的轉變，在後來蕭蕭再次評論蘇紹連之時，蕭蕭的評論方式已經從早期著重字句的細部分析與詩質討論轉變成詩人的整體風格與詩人生命之間的交互考察。

（二）詩學現象論

　　早期蕭蕭評論文章通常是針對單一詩人詩作提出細部分析作為其主要評論方式，在八〇年代出版《現代詩學》前後，蕭蕭評論方式漸漸轉變為以某一現代詩現象作為主軸，輔以不同詩人詩作說明的評論方式。因此現代詩現象論成為蕭蕭詩學不能不鑑察的一環。

　　所謂「現象」指與間接推理思考才能致知的抽象本體相對立，可以被人以直觀認知，依感覺呈現的形式。落在文學上來說現象，則是關於文學活動的一切能被感知的形式都可以稱為文學現象。由於文學活動由作者到文本到讀者都算是文學活動，加上「文學現象」是不假思索推理而能認知，所以「文學現象」的範圍可以包羅萬象。乃至於能脫離文本的限制，進而討論過去評論所罕觸及的文學社會學事件等面向。

　　正如李瑞騰所說：「它的對象應包括一切關於文學的人、事和作品，然後把它們納入現階段的生存空間以及文化格局中去看它們彼此之間互動的複雜關係」。（李瑞騰《台灣文學風貌》，頁43）同時作者讀者對文學的看法也決定了直觀的角度，如林燿德所說：「文學現象，意指在寫作的現實環境中展現的觀念辯證和文學趨勢，以及和作品互相滲透的歷史語境與文化地形。」（林燿德主編，1993，頁31）蕭蕭對詩學現象並沒有這麼大的野心，蕭蕭只是想：「在『現象論』中指陳現代詩所共同涵具的面貌，進而溯探現代詩的特質何在。」（《現代詩學序》，頁2）。再歸納蕭蕭詩學現象論的範圍，大致可以分為主題、風格、類型、三部分。

1. 主題分析

　　在討論什麼是蕭蕭的主題研究之前，讓我們先釐清「主題」的定義。本文所謂的「主題」（theme）是指文學作品所

表現的中心思想。蘇俄文論家曾提出：「主題就是作品減去技巧。」（主題學研究28）主題與技巧都是我們看待作品時最直接能察覺的文學因素。主題與另一個意義相近但不相同的術語：母題（motif）常被人混用，本文所主要討論的是主題而不是母題，這裡必須先作個區分[20]。

　　主題分析是蕭蕭現代詩學現象論中的重要構成，蕭蕭的主題分析承顯出詩人的生命主體在特殊的時空情境下如何透過詩來抒發感懷，而又在分析作者創作狀態的更深一層含意是藉由作品貼近詩人的生命狀態，感受由詩人的秉姓所散發出來的美感。

　　例如〈略論現代詩人自我生命的鑑照與顯影〉，我們知道蕭蕭相信詩人的生命型態會透過詩的象徵作用而表現出來，因此考察詩人詩中的象徵與詩人生命型態之間的關係，便成爲蕭蕭關注的詩學現象。蕭蕭說：「在這樣的時空下，詩人以什麼來自況？詩人的自況詩，又透露了什麼訊息？我們將經由這些自況詩逼臨詩人的內心深處。」（《雲端之美人間之眞》，頁188）

　　在蕭蕭的鑑察下，蘇紹連的〈獸〉透露了蘇紹連悚然驚異的風格，陳秀喜的〈覆葉〉表露了陳秀喜呵護詩壇後進的事蹟，另外蕭蕭所欣賞的用狼來代表紀弦的孤傲等等，這種將詩人與其自況詩等齊觀之的現象，透過詩作的象徵與詩人在現實生活中的事蹟而給讀者更多豐富立體的現代詩感知。

20　原因如下：主題（theme）與母題（motif）在西方文學體系中原指兩種不同的含意，主題指文學作品中所表現的中心思想；而母題則是指敘事作品中經常出現的情節構成單元。Motif在五四時期胡適先生爲求聲義兼顧之妙，而將之譯爲「母題」，但是由於母題在中文字義上容易與主題混淆，因此文化大學金榮華先生主張將Motif譯爲「情節單元」，以求符合民間故事研究脈絡中的用法。主題研究則不限於民間故事研究，可包括所有文學作品，陳鵬翔在《主題學研究論文集》中詳述在詩歌研究上，主題與母題的差別。簡單說由詩歌的母題是最基本意象，由幾個最基本意象所組成的意義，則稱作主題。本文將討論蕭蕭對詩現象的主題討論，而不涉及母題。

彰化學

此外蕭蕭也時常考察某一題材在不同時代、不同詩人手中所表現出來的異同。例如〈現代詩的情色美學與性愛描寫〉、〈現代詩裡的女性意象〉、〈現代詩裡的中國精神〉等。在許多詩現象中，蕭蕭特別關注在特殊時空環境下，生命主體，也就是人的處境在詩中如何的呈現。在〈試探菲華詩人的文化歸屬〉中，蕭蕭透過和權的〈橘子的話〉分析海外華人對文化認同的艱難與懷疑：「字面的意義，類似於橘踰淮爲枳的故事，實際上蘊含著菲籍華人的共同酸澀。」（《雲端之美人間之眞》，頁252）

2. 風格的呈現

另一種蕭蕭常寫的詩現象分析是風格的呈現。風格[21]在西方的定義是：「某一特定時間及地域中藝術的特徵的結合。」（郭繼生，1990，頁86）。而風格在中國文學理論有不同的起源。

在中國文學傳統中，劉勰說「風」乃「化感之本源，志意之符契」（文心風骨篇），原本在詩經中具有教化諷刺之意的「風」便被延伸爲文章情感動人的作用，反之「思不還周，索莫乏氣，則無風之驗也」亦即文章中思路不周密，或者說沒有作家個人動人的才性展現者，文章便無法產生動人的力量。劉勰所謂的「氣」即曹丕《典論・論文》提到的：「夫文以氣爲主，氣之清濁有體，不可力強而致」。

而「格」在文學批評史上隨著不同的時代其內涵有不同的變化，唐人講「格」偏重於客觀化的形式技巧，例如皎然《詩議》的六格，實爲六種對偶模式。隨著批評觀念的演

---

21 風格有人翻譯爲英文的「style」；「style」來自希臘文「stylos」原意指一種可用在蠟版上寫字的金屬書寫工具（筆），可參見周P110，蔡英俊〈風格的界義及其與中國文學批評理念的關係〉中國古典文學研究會主編《文心雕龍綜論》，頁347-363。

變，「格」也開始有了品級高下的評估性意義，例如《詩中密旨》：「古人格高，一句見意」。顏崑陽對風格下了這樣的定義：

> 講「風格」，就必須落實於一定之對象，而表顯其特殊的
> 性相，人物品鑒如此，文學批評亦然。故宋代以後，論及
> 詩「格」者，多以個別主體的才性爲基礎……明代王世懋
> 《藝圃擷餘》云：「詩必成家而後可以言格」。創作才能
> 實現作品，必成熟之後，其特殊性相始完全朗現而確定，
> 自成一家面目，然後「格」才算建立。所以「格」往往作
> 爲一家之言概括性的描述與評估。
>
> ——（顏崑陽，1993，頁374-375）

　　歸結以上說法，風格可視爲「個人藝術成就所呈現出的殊別與共通審美特徵」蕭蕭的思想比較偏向中國文學理論，因此我們可以看到蕭蕭對風格的分析，都必歸結於詩人。少有只講風格而不講詩人的情形。比方蕭蕭要說明「奇情諧趣」的風格，便以羅青與渡也爲例說明：

> 眞正以全力寫作奇情諧趣詩作的人，要數青年一輩的羅青
> 與渡也，羅青一開始即以諧趣入詩，穩穩抓住詩與趣結合
> 的要訣，先後推出《吃西瓜的方法》、《神州豪俠傳》、
> 《水稻之歌》三部詩集，表現方法各異，但終極目標則
> 一。渡也近三、四年來，放棄了十九歲以來即已嘗試且表
> 現傑出的「散文詩」的特殊結構，反以淺近白話，淺顯事
> 理，企圖將詩帶進社會，因此，他將日常生活事物、日常
> 社會現象帶進詩中，比羅青多一點社會性，但在精鍊度上
> 則不如羅青。羅青與渡也，可以視爲青年詩人中才智型的

雙璧，他們兩人卓傑的想像、靈敏的反應、高妙的比喻，
往往俯拾可得，令人驚嘆不置。以他們兩人的作品來看諧
趣詩的成就，是最恰當不過了！」

──（《現代詩學》，頁119-120）

雖然同屬奇情諧趣風格，但是兩人的風格又小有不同，
對詩人風格之間的差異論之甚詳。其他比較明顯的風格如蕭蕭
用中國精神與傳統詩情來說明鄭愁予的風格。又如以玄思哲理
的風格來分析管管的詩作特色：「一般稱爲學院派的詩人，我
們可以看到它們上爲做著掙斷枷鎖的努力，下爲者免不了斧鑿
的痕跡。野生野長的管管的詩，沒有臍帶可以輸送養料，也就
沒有臍帶拘限他，而能縱跳自如，充滿活力。」（《現代詩
學》，頁128）

3.類型討論

文類是什麼？張漢良說是爲了以示文學作品的區別，而
以外在形式與內在題材內容等等特徵，依「分類過程必須是嚴
格的推理（邏輯）過程」「同一功能性範疇的分類系統中，不
可以用多重標準」所建構建構的文學類別。文類的概念並非絕
對或先驗的（見張漢良《文學的迷思》，頁38）。韋勒克、華
倫的《文學論》則如此說：「文學上的種類是一種制度──就
像教會、大學或國家，是一種制度一樣。……我們可以借用現
有的制度來工作以表現自己，也可以創造新的制度，或盡量不
相干涉而各行其是；再者，我們還可以參與這制度而加以改
造。」（王夢鷗、許國衡譯，1976，頁378）關於文類的定義
如此則大致清楚。

另外關於次文類的問題。次文類多半由題材決定，其原
因是，形式因素是主要決定者，在形式因素固定下，題材成爲

可變化之變因，而一旦連形式都變化，其主要文類特徵都已模糊，更無所謂次文類了！通過對文類與次文類的釐清，則可看蕭蕭如何提出關於文類的看法。蕭蕭討論文類的作品不多，討論到的文類有敘事詩、童詩、散文詩、劇詩、政治詩、海洋詩等等。

　　蕭蕭對兒詩的定義很特別：「兒童詩只有一個定義：給兒童看的謂之兒童詩。……兒童詩是給兒童讀的，語言需採用兒童的語言─兒童所使用的語言、兒童能懂的語言─前者讓兒童有親切感，感覺這首詩就是自己寫出來的，後者又兼具提昇兒童語彙能力，但要以能懂為基點，如果一首詩交互使用這兩種深淺不等的語言，應注意後者的比例不可偏高。」（《燈下燈》，頁168）這種看法可以看出蕭蕭對讀者的重視。

　　另外蕭蕭認為散文詩這種文體適合表現悚慄的題材：

> 這是因為散文詩不分行的節奏異於其他分行的詩篇，不分行的散文詩，節奏速度加快，但韻律平穩；語言又是平和的、不跳躍的生活口語，在讀者毫無戒心的閱讀習慣下，容易突襲成功。分行的、獨體的、詩的語言，引人注目，讀者隨時戒備著、防衛；不分行的、集體的、散文的語言，不加鍛鍊的日常的口語，不會有金句警語，讀者不生戒惕之心，猝不及防，悚慄的效應自然產生。
> ──（〈臺灣散文詩美學上〉《現代詩學》20期，1997.9，頁141-142）

　　蕭蕭的這種看法大致是從商禽、蘇紹連的散文詩歸納而來的特點，雖然散文詩不見得一定要表現悚慄[22]。但是蕭蕭從形

22　文體算是一種約定俗成的建制，因此當某一文類被認定最恰當的表現形式美感時，屬於該文體的概念就開始定型。但是相伴而來的必是破體的產生。在文學實屬於開放架構的理解下，不必對文體的固定形式美感作維護。

式構造與接受角度所做的考察的確能部分解釋散文詩與悚慄表現的關係。

(三)、詩賞析教學創作論

　　蕭蕭作為詩論家最大的特色，與一般學者不同處，在於蕭蕭擁有豐富的對年輕學子（包括國、高中生甚至大學生）現代詩教學經驗。現代詩教學與推廣正是蕭蕭在現代詩領域中最為人稱道，無法忽視的特點。雖說嚴密邏輯的理論論述不是蕭蕭的強項，但是台灣現代詩七〇年代自蕭蕭進入現代詩領域以來，在教導現代詩創作入門與賞析上，蕭蕭的努力與成果算得上數一數二的了。

　　蕭蕭到底到過哪些地方講授現代詩呢？蕭蕭先後曾於文化、東吳、輔仁、真理大學教授「現代詩」課程，並指導北一女中極光詩社，東吳大學白開水詩社、大安區銀髮寫作班。另外也曾擔任耕莘寫作班新詩組導師，在各大文藝營擔任講授新詩的工作，甚至在北一女、景美女中、南山中學教書時，蕭蕭也時常在課堂上講解現代詩創作的訣竅。「亞弦曾經半開玩笑的對蕭蕭說，蕭蕭可以成為新詩總教練」（潘麗珠，1999，頁218）這句話其實並非過譽。

　　蕭蕭以及擁抱傳統此一文化體系的文化生產者，他們與台灣現代詩更加息息相關的是現代詩的基層教育。假使姚斯對文學史提出的挑戰已成為我們這代人的共識，亦即文學史並非由作者與作品決定，而是決定於讀者如何看待作品、接受作品。那麼不管現代主義者與現實主義者如何論爭得聲嘶力竭，由基層教育者以及接受教育後閱讀領略現代詩的普遍讀者群，對於現代詩「是什麼」或是「該是什麼」事實上是有更大的主控權。以下開始來瞭解蕭蕭在創作指導與賞析上下了多少功夫。

1. 現代詩創作指導

　　台灣向來以現代詩創作與評論的豐富為傲，但是追究現代詩創作方法論的著作卻不出十餘本。早年較認眞討論創作方法是覃子豪，他在中華文藝函授學校教現代詩創作時留下的評論集《詩的解剖》，算是早年難得的一部創作方法論。之後有陳紹鵬《詩的創造》、張默《詩的投影》都不夠精闢，楊牧在一九八九年出版的《一首詩的完成》實則應視為論詩散文，對初學者幫助不大。直到九〇年代楊昌年《現代詩的創作與欣賞》算是長久以來第一部有系統討論現代詩創作方法的論著。

　　接下來蕭蕭的《現代詩創作演練》出版於一九九一年七月，以遊戲的方式實際讓讀者練習成為，是創作方法論眾書中的首創，接著地位與價值都不遑多讓，白靈的《一首詩的誕生》也在八十年十二月出版，這兩本書的出版成為現代詩創作教學歷程中重要的一頁。

　　蕭蕭的創作詩法為什麼要用遊戲的方式進行，這是值得探究的問題。以教學方法來說：「教學活動是一個人A（教師）的活動，其用意在於實現另一個人B（學生）的活動（學習），其用意在於完成某種目的情態（例如，認知與鑑賞），其目的就是X（例如，信念、態度、及技能）。」（楊龍立《課程目標的理論研究》景文書店，頁109）因此只要能完成教學目的，使用的方式不一定要訴諸長篇大論。蕭蕭自述道：

　　　　欣賞詩，創作詩，都是人生中最為愉快的事。特別是完成一首詩的喜悅，身心舒泰的感覺，不曾經歷其境，眞的無法言說。只是，一般詩人銳於創作，卻不一定能度人以金針，評論家長於分析，卻也不一定能示人以津渡。七十八年春天，我擔任耕莘寫作會新詩組導師，一直在思索如何

以實際的演練來代替理論的輸送，讓學生在刺激、想像、
尋索、激盪中，自己著手、嘗試，而後發現詩的存在。
　　　　　　　　——（《現代詩創作演練》自序，頁1）

　　關於這一點，許多現代詩教學者都有同感。趙衛民說：
「我的上課是勸誘的、說服的煽動的，希望學生也能寫作，
作夢一樣地度過他生命的黃金時期。詩人上課，就像畫家教
畫、書法家教書法，不需要太多理論，至少對大一甚至大二的
學生，重要的是詩思及動筆。」（《台灣詩學季刊》8期，頁
15）

　　另外焦桐也認爲：「我一直在思索，如何設計一種迷人的
陷阱，通過各種可口的現代藝術如電影、繪畫、音樂爲誘餌，
誘惑他們不可救藥地迷戀詩，和一切美好的藝術；然後讓他們
心甘情願地，養成買詩、讀詩的習慣。我相信，唯有對詩充滿
熱情，才可能作得出好詩，或作得出研究。」（《台灣詩學季
刊》8期，頁16）由此可見，蕭蕭的這本乍見之下毫無理論，
不見系統論述的遊戲書，其實是蘊含了蕭蕭教現代詩的經驗與
期許初學者動手嘗試的想法。

　　蕭蕭的《現代詩創作演練》分列八目，以八種不同的遊戲
演練來作爲現代詩創作入門方法，接著性質相近的《現代詩遊
戲》更分成二十章，二十種遊戲方式。在這眾多的「玩法」，
背後到底隱含了什麼詩的原理。讓我們來分析其中包含了理論
元素。

　　歸納蕭蕭不同的演練方式，大致歸納出三種模式，第一
是觸發物與物之間關係的聯想：例如《現代詩創作演練》中的
前三項目，都是聯想物與物之間的關係爲主，定向聯想要求學
生作連續性的聯想，而矛盾聯想則任舉兩矛盾的物品，讓人思
考新的關係。蕭蕭將這種方式稱作「心物相激法」：「物，不

動，就在眼前；心，在定靜中遊動，有時遊出於身軀之外，六合之外。這就是心與物不停來回激發的『心物相激法』。」（《現代詩遊戲》，頁36）

其次是改寫填空名詩句，這樣一來可以學習到詩人的句法語法的應用，又可以在舊句子中尋得新意，例如《現代詩創作演練》的偷龍轉鳳，《現代詩遊戲》中的錯接、變造。第三是要求學員改變看待事物的眼光，要求換個不同角度，不同身份來思考，例如《現代詩創作演練》的轉換角色、鏡中倒影；《現代詩遊戲》中的匯通、演義等。

此處難免會遇到質疑，這樣的遊戲方法，都不講理論，學生起不會有見樹不見林，無法彙整成完成的一套創作方法。其實蕭蕭早在他過去的作品中不斷提示創作方法。另外蕭蕭的《青少年詩話》也講創作理論，但論理淺白，正可以與《現代詩創作演練》合觀。

蕭蕭感嘆道：「今日不讀詩，明天仍然要感慨詩作境界比不上盛唐，不累積整整一個二十世紀的詩經驗，不遞承整整一個二十世紀的詩觀詩法，下一個世紀，我們仍然讓他疏疏落落幾種顏色而已嗎？」（《現代詩遊戲》，頁212）相較於大陸近年來大量創作方法論專書出現，謀求更有效力也更有理論深度的創作方法論仍是目前詩壇值得開發的領土。

2. 現代詩賞析

蕭蕭一共編過多少教人欣賞的書呢？早在民國七十一年出版的《現代詩入門》就是一本重要的現代詩教學著作，之後的《現代詩導讀》五大冊兼有西方文論分析與中國傳統詩法的兩種導讀，此外，蕭蕭還編了《中學白話詩選》、《感人的詩》、《青少年詩話》、《現代詩創作演練》、《現代詩遊戲》、《詩從趣味始》、《中學生現代詩手冊》等。

　　龔鵬程闡述何謂欣賞：「我們發現美既不存在於作品之中，也不純粹是讀者主觀意念的產物；美的客體和讀者的經驗，是分不開的。因此，所謂欣賞的美感，實際上即是作品的結構、和自我的認知，兩者互相作用而形成的經驗，「情用賞為美」，構成一整體之美。在這個美之中，有我、也有作品，是一種主客交融的狀態。」《文學散步》（龔鵬程，1985，頁49）龔鵬程的說法並沒有錯，但是為什麼現代詩發展了這麼久，有這麼多有心人教育現代詩要怎麼讀，還是有許多人不能接受不能欣賞現代詩呢？首先問題出在教育體制上，過去的教育為了追求中國傳統而一味教導古典詩、詞、散文，對現代詩乃至現代文學都有歧視鄙視的態度，過去的高中課本甚至連現代詩都不選，比國中還慘。因此在缺乏瞭解感到陌生的情況之下，對現代詩自然興趣缺缺，而少數喜好文藝的學生，其期待視野也受制於抒情保守的課本選詩風格，無法進一步接受更具挑戰性高的現代詩。

　　蕭蕭提出兩個教導欣賞的方法，同時這也是蕭蕭長久實踐的項目，蕭蕭說要讓人欣賞現代詩，可以從現代詩的發展源頭開始講起。因為對現代詩歷史的瞭解，自然能掌握其特質與其流變，欣賞起來隔閡度便少了。蕭蕭自己可以說很努力的實踐這樣的理念。從《現代詩入門》開始蕭蕭都不忘記反覆提醒詩史發展的進程，讓讀者能對現代詩史有來龍去脈的認識。其次是美的品味，蕭蕭對藝術價值的堅持一直是他的詩學的重心。因此形式要求也一直是蕭蕭論詩評詩的依據，只重內容而語言平淡的詩，蕭蕭是不接受的。

【附錄】
蕭蕭相關研究資料

蘇茵慧　整理

（一）學位論文

- 陳政彥：《戰後台灣現代詩論戰史研究》（桃園：國立中央大學中國文學研究所博士論文，2007）。
- 陳瀅州：《七〇年代以降現代詩論戰之話語運作》（台南：國立成功大學台灣文學研究所碩士論文，2006）。
- 林毓鈞：《蕭蕭新詩研究》（彰化：國立彰化師範大學國文學系碩士論文，2006）。
- 蔡欣倫：《1970年代前期台灣新世代詩人群研究》（桃園：國立中央大學中國文學研究所碩士論文，2005）。
- 黃如瑩：〈第四章：蕭蕭的詩與佛〉，《臺灣現代詩與佛——以周夢蝶、敻虹、蕭蕭為線索之考察》（台南：國立臺南大學語文教育學系教學碩士班碩士論文，2005），頁127-158。
- 陳政彥：《蕭蕭詩學研究》（桃園：國立中央大學中國文學研究所碩士論文，2002）。

（二）單篇期刊論文

- 丁旭輝：〈論蕭蕭短詩的簡約美學〉，《台灣新詩研究：中生代詩家論》（台北：五南，2007.1），頁67-94。編按：亦發表在《國文學誌》第10期（2005.6），頁57-79。
- 丁旭輝：〈蕭蕭圖象詩研究〉，《中國現代文學理論》第19期（2000.9），頁470-480。

（三）報章雜誌相關評論

· 康原：〈朝興村的蕭蕭〉，《追蹤彰化平原》（台中：晨星，2008），頁171-174。

· 古遠清：〈第十五章詩論新貌，五彩異呈第二節蕭蕭：最活躍的詩評家〉，《台灣當代新詩史》（台北：文津，2008），頁404-409。

· 林田富編〈礦溪文學特別貢獻獎：蕭蕭贊語、個人簡介、得獎感言〉，《礦溪文學獎得獎作品專輯第九屆》（彰化：彰化縣文化局，2007），頁13-16。

· 羅婉真：〈麥比烏斯環式的新詩美學建構——蕭蕭《臺灣新詩美學》、《現代新詩美學》讀後〉，《當代詩學》第3期（2007.12），頁177-180。

· 鄭懿瀛：〈在空白處悟詩——午後 · 蕭蕭〉，《書香遠傳》第44期（2007.1），頁44-47。

· 王乾任：〈詩的獨立與依存——我讀《臺灣詩選.2005》〉，《全國新書資訊月刊》第89期（2006.5），頁44-46。

· 廖之韻：〈種詩、煮詩、賣詩〉，《聯合報》第E7版（2005.5.16）。

· 洪淑苓：〈現代詩的練習曲——蕭蕭《現代詩遊戲》評介〉，《現代詩新版圖》（台北：秀威資訊科技，2004），頁129-130。

· 張默：〈從葉維廉到唐捐——「年度詩選」入選詩作十二家小評〉，《台灣現代詩筆記》（台北：三民書局，2004），頁309-324。

· 陳謢翔：〈台灣新詩美學〉，《中央日報》第17版（2004.7.8）。

· 落蒂：〈無端心事飛——析蕭蕭〈白楊〉〉，《詩的播種者》（台北：爾雅，2003），頁162-164。

· 林政華：〈台灣新詩的全才子蕭蕭〉，《台灣新聞報》第9版（2002.12.18）。

· 吳當：〈深情回首——賞析蕭蕭〈仲尼回頭〉〉，《拜訪新詩》（台北：爾雅出版社，2001），頁169-174。

· 吳當：〈深情草戒指——賞析蕭蕭〈草戒指〉〉，《拜訪新詩》（台北：爾雅出版社，2001），頁57-62。

· 吳當：〈盪漾的心——賞析蕭蕭〈洪荒峽〉〈風入松〉〉，《拜訪新詩》（台北：爾雅，2001），頁121-126。

· 吳當、落蒂：〈有情天地一蕭蕭——讀《蕭蕭 · 世紀詩選》〉，《兩棵詩樹》（台北：爾雅，2001），頁91-100。編按：亦刊登於《明道文藝》第307期（2001.10），頁52-57。

· 張春榮：〈現代詩的長青志工：評《蕭蕭教你寫詩、為你解詩》〉，《文訊》第192期（2001.10），頁22-24。

· 李癸雲：〈文學編輯獎：蕭蕭溫暖的光芒，秩序的創造〉，《中央日報》第18版

（2001.5.4）。

・陳鵬翔：〈叫「世紀詩選」會否太沉重？〉，《中央日報》第21版（2001.1.17）

・陳巍仁：〈羚羊如何睡覺？〉，《皈依風皈依松》（台北：文史哲，2000），頁
　12-31。

・李癸雲：〈風景與自我——《蕭蕭‧世紀詩選》導言〉，《蕭蕭‧世紀詩選》
　（台北：爾雅，2000），頁7-29。編按：亦收錄於《與詩對話——台灣現代詩評
　論集》（台南：台南縣文化局，2000）。

・丁旭輝：〈第四章：類圖象詩的圖象技巧／第四節：文字圖象的形體暗示與詩意
　呈現／二、蕭蕭的〈英文六書〉〉，《台灣現代詩圖象技巧研究》（高雄：春
　暉，2000），頁260-267。

・羅門：〈扛著「現代」與「後現代」走向二十一世紀的詩人——序《凝神》詩
　集〉，《凝神》（台北：文史哲，2000），頁6-27。

・方群：〈凝神諦聽回音——談蕭蕭的《凝神》〉，《凝神》（台中：文史哲，
　2000），頁28-50。編按：亦收錄《創世紀》第123期，（2000.6），頁118-
　126。

・丁旭輝：〈賞析蕭蕭的三首絕妙好詩〉，《笠》第220期（2000.12），頁138-
　143。

・羅門：〈扛著「現代」與「後現代」走向二十一世紀的詩人——序《凝神》詩
　集〉，《淡藍為美：藍星詩學》第7期（2000.9），頁167-178。

・陳巍仁：〈羚羊如何睡覺？——如何看《皈依風皈依松》〉，《創世紀》第123
　期（2000.6），頁106-117。

・李癸雲：〈風景與自我——蕭蕭《世紀詩選》導言〉，《創世紀》第123期
　（2000.6），頁127-138。

・吳當：〈盪漾的心——試析蕭蕭〈洪荒峽〉〈風入松〉〉，《中央日報》第25版
　（1999.12.15）。

・宇文正：〈選集的時代？從《天下詩選》出版談起〉，《中央日報》第22版
　（1999.10.18）。

・吳肇嘉：〈讀蕭蕭〈我心中的那頭牛啊！〉〉，《臺灣詩學季刊》第28期
　（1999.9），頁55-57。

・向明：〈真空妙有——賞析蕭蕭的「空與有」（第一首）〉，《臺灣詩學季刊》
　第27期（1999.6），頁34-35。編按：亦收錄《普門》第234期，（1999.3），頁
　50。

・白靈：〈詩的第五元素（序）〉，《雲邊書》（台北：九歌，1998），頁9-29。

・阿盛：〈感性的蕭蕭〉，《自由時報》第41版（1998.11.27）。

・張怡雯：〈詩從趣味始〉，《中國時報》第46版（1998.9.17）。

・白靈：〈詩的第五元素──讀蕭蕭詩集《雲邊書》（下）〉，《中央日報》第19
　版（1998.7.19）。

・白靈：〈詩的第五元素──讀蕭蕭詩集《雲邊書》（上）〉，《中央日報》第22
　版（1998.7.18）。

・邱燮友、潘麗珠：〈第三十二章現代詩與鄉土詩／（一）龍族詩社蕭蕭〉，
　《二十世紀中國新文學史》（台北：駱駝，1997），頁422。

・施懿琳、楊翠：〈第四章七〇年代彰化縣文學與台灣文學根脈合流／第五節新詩
　社崛起運動中的縣籍詩人／一、龍族詩社〉，《彰化縣文學發展史（下）》，
　（彰化：彰化縣文化局，1997），頁422-426。

・謝輝煌：〈熾烈的火花過後──寫在蕭蕭、古遠清、古繼堂的對陣後〉，《台灣
　詩學季刊》第21期（1997.12），頁162-164。

・古繼堂：〈回答蕭蕭兼談《新詩三百首》〉，《臺灣詩學季刊》第20期
　（1997.9），頁117-124。

・黃鳳鈴：〈一粒落在地裡的麥子──與詩人蕭蕭談新詩教學〉，《明道文藝》第
　257期（1997.8），頁96-100。

・張默：〈垂今釣古話蕭蕭序《緣無緣》詩集及其他〉，《緣無緣》（台北：
　爾雅，1996），頁1-22。編按：亦收錄《台灣現代詩概觀》（台北：爾雅，
　1997）。

・朱學恕：〈詩論專輯三、天才詩人的緣無緣詩集〉，《大海洋詩雜誌》第51期
　（1996.7），頁8-9。

・古遠清：〈蕭蕭先生批評大陸學者的盲點──對〈大陸學者拼貼的「臺灣新詩
　理論批評」圖〉一文的回應〉，《臺灣詩學季刊》第15期（1996.6），頁104-
　110。

・張默：〈垂今釣古話蕭蕭──試論《緣無緣》詩集及其他〉，《台灣詩學季刊》
　第15期（1996.6），頁123-131。

・焦桐：〈聽聽那牧歌──小評蕭蕭詩集《緣無緣》〉，《聯合文學》第139期
　（1996.5），頁166。

・張默：〈垂今釣古話蕭蕭「緣無緣」序〉，《爾雅人》第39、40期合刊
　（1996.4）。

・古添洪：〈評《新詩三百首》〉，《中外文學》第286期（1996.3），頁147-
　154。

・張默：〈前期蕭蕭的詩與詩緣〉，《中華日報》第14版（1996.2.5）。

・周炎錚：〈繁花盛開──試談《新詩三百首》〉，《台灣新聞報》第18版

（1996.1.6）。

· 張雙英：〈世紀之選？略評「新詩三百首」〉，《文訊》第121期（1995.11），
頁14-15。

· 沈奇：〈評《新詩三百首》〉，《自由時報》第34版（1995.11.23）。

· 余光中：〈跨海跨代的《新詩三百首》／當繆思清點她的孩子〉，《中國時報》
第39版（1995.9.8）。

· 陳麗卿：〈再創詩民族的光芒——且讀《青少年詩話》〉，《台灣新聞報》第12
版（1995.8.27）。

· 蔡源煌：〈論探源式的批評——兼評爾雅版《七十二年詩選》〉，《當代台灣文
學評論大系（4）新詩批評卷》，（台北：正中書局，1993），頁469-495。

· 徐望雲：〈可能有問題的兩岸詩學交流——與蕭蕭、白靈、向明、古遠清、章
亞昕、耿建華「研究研究」〉，《台灣詩學季刊》第5期（1993.12），頁154-
159。

· 章亞昕：〈隔著海峽談詩——從蕭蕭先生對《台灣現代詩歌賞析》的批評說
起〉，《台灣詩學季刊》第4期（1993.9），頁106-109。

· 耿建華：〈搔到了誰的癢處——就〈隔著海峽搔癢〉一文與蕭蕭先生商榷〉，
《臺灣詩學季刊》第4期（1993.9），頁109-112。

· 康原：〈念舊土地的詩人〉，《文學的彰化》（彰化：彰化縣文化局，1992），
頁168-172。

· 張春榮：〈給現代詩一把梯子：評蕭蕭「現代詩創作演練」〉，《爾雅人》第66
期（1991.9）。

· 游喚：〈《現代詩導讀》導讀些什麼〉，《台灣文學觀察雜誌》第3期
（1991.1），頁88-99。

· 蓉子：〈心井〉，《青少年詩國之旅》（台北：業強，1990），頁87-88。

· 洪淑苓：〈現代詩遊戲〉，《中國時報》第42版（1988.2.5）。

· 張默：〈蕭蕭／白楊〉，《小詩選讀》（台北：爾雅，1987），頁181-185。

· 許悔之：〈讓詩停止流浪蕭蕭「現代詩學」讀後〉，《文訊》第31期
（1987.8），頁301-303。

· 隱地：〈蕭蕭〉，《新書月刊》第18期（1985.3），頁63。

· 向陽：〈在天藍與草青之間——蕭蕭的悲涼和激動〉，《文訊》第15期（1984.
12），頁284-291。編按：亦收錄於《迎向眾聲：八〇年代台灣文化情境觀察》
（台北：三民書局，1993），頁3-15。

· 蔡源煌：〈論探源式的批評——兼評「七十二年詩選」〉，《現代詩》復刊第6
期（1984.6），頁112-129。

- 郭成義：〈都是語言惹的禍──評蕭蕭「現代詩七十年」一文〉，《笠》第106期（1981.12），頁47-55。
- 馮青：〈詩世界的引導者──「現代詩導讀」讀後感〉，《中華文藝》第107期（1980.1），頁137-139。
- 李瑞騰：〈「鏡中鏡」話〉），《創世紀》第46期（1977.12），頁61-62。
- 張默：〈新銳的聲音──「中國當代廿五位青年詩人作品集」序〉，《飛騰的象徵》（水芙蓉出版，1976），頁201-220。
- 詩敏：〈我看「現代詩三百首」〉，《青溪雜誌》第97期（1975.7），頁123-125。
- 林鍾隆：〈現代詩的形式問題〉，《現代詩的解說和評論》（彰化：現代潮，1972），頁137-143。
- 張默：〈新銳的聲音──「中國青年詩選」序〉，《幼獅文藝》第226期（1972.10），頁22-34。
- 林鍾隆：〈現代詩的形式問題〉，《龍族詩刊》第6期（1972.5）。

（四）專訪及其他

1. 專訪

- 潘煊：〈訪蕭蕭〉，《普門》第234期（1999.3），頁51。
- 康原：〈來時路上的顧盼──訪蕭蕭談詩與散文〉，《自立晚報》第10版（1986.3.6）。

2. 其他

- 艾農記錄〈詩是活潑潑的生命─葉維廉V.S蕭蕭〉，《創世紀》第120期（1999.9），頁40-53。
- 林漢傑紀錄，〈夢與地理──「詩人的鄉土情懷」座談會紀要〉，《聯合報》第41版（1997.9.19）。
- 陳子帆記錄〈蕭蕭talks with曹又方〉，《金色蓮花‧佛學月刊》第51期（1997.3），頁12-19。
- 鍾怡雯整理〈讓想像的翅膀飛翔──蕭蕭談現代詩教學〉，《國文天地》第121期（1995.6），頁32-35。
- 章化：〈蕭蕭推廣現代詩創作演練〉，《聯合報》第25版（1991.8.27）。
- 洪靜儀記錄〈從《現代詩學》看現代詩學〉，《臺北評論》第5期（1988.5），

頁246-255。

·何芸記錄〈堪得回首來時路──蕭蕭作品討論〉，《文訊》第15期（1984.
12），頁262-283。

（六）數位影音資料

1.VCD

·〈彰化詩學的建構〉，收錄於文化列車VCD中，由彰化縣公益頻道基金會錄製。
（康原與蕭蕭的對談）。

國家圖書館出版品預行編目資料

蕭蕭新詩乾坤──蕭蕭新詩研究 / 林明德編.－－初
　　版.－－臺中市：晨星，2009.10
面；　　公分.－－（彰化學叢書；19）

ISBN　978-986-177-266-0　（平裝）

　1.臺灣詩 2.作品集 3.詩評

863.51　　　　　　　　　　　　　　　　　98002358

彰化學叢書
019

蕭蕭新詩乾坤
──蕭蕭新詩研究

編著	林 明 德
主編	徐 惠 雅
文字校對	蘇 茵 慧 、 洪 伊 柔 、 徐 惠 雅
排版	王 廷 芬
總策畫	林 明 德 ‧ 康 　 原
總策畫單位	彰 化 學 叢 書 編 輯 委 員 會

發行人	陳銘民
發行所	晨星出版有限公司
	台中市407工業區30路1號
	TEL：04-23595820　FAX：04-23597123
	E-mail：morning@morningstar.com.tw
	http：//www.morningstar.com.tw
	行政院新聞局局版台業字第2500號
法律顧問	甘龍強律師
承製	知己圖書股份有限公司　　TEL：（04）23581803
初版	西元2009年10月06日

總經銷	知己圖書股份有限公司
	郵政劃撥：15060393
	（台北公司）台北市106羅斯福路二段95號4F之3
	TEL：（02）23672044　FAX：（02）23635741
	（台中公司）台中市407工業區30路1號
	TEL：（04）23595819　FAX：（04）23597123

定價 250 元
ISBN 978-986-177-266-0（平裝）
Published by Morning Star Publishing Inc.
Printed in Taiwan
版權所有，翻譯必究
（缺頁或破損的書，請寄回更換）

更方便的購書方式：

1 網站：http://www.morningstar.com.tw
2 郵政劃撥 帳號：15060393
　　　　　戶名：知己圖書股份有限公司
　　請於通信欄中註明欲購買之書名及數量
3 電話訂購：如為大量團購可直接撥客服專線洽詢

◎ 如需詳細書目可上網查詢或來電索取。
◎ 客服專線：04-23595819#230 傳真：04-23597123
◎ 客戶信箱：service@morningstar.com.tw

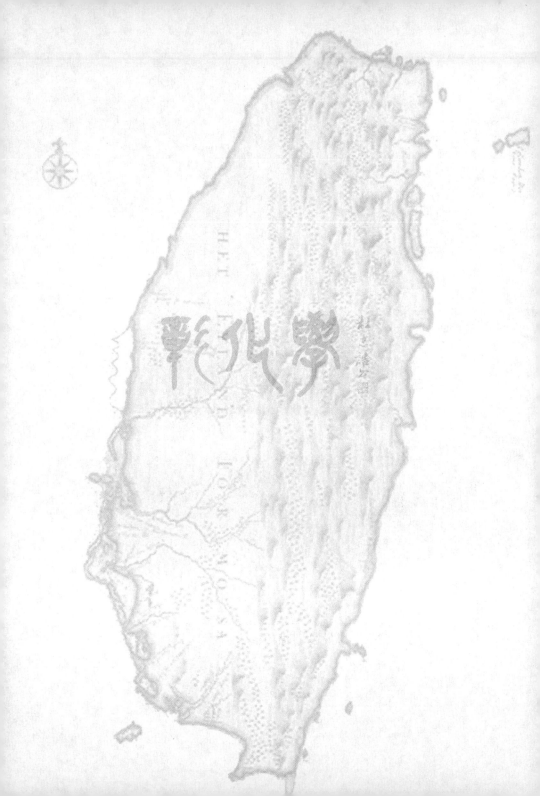

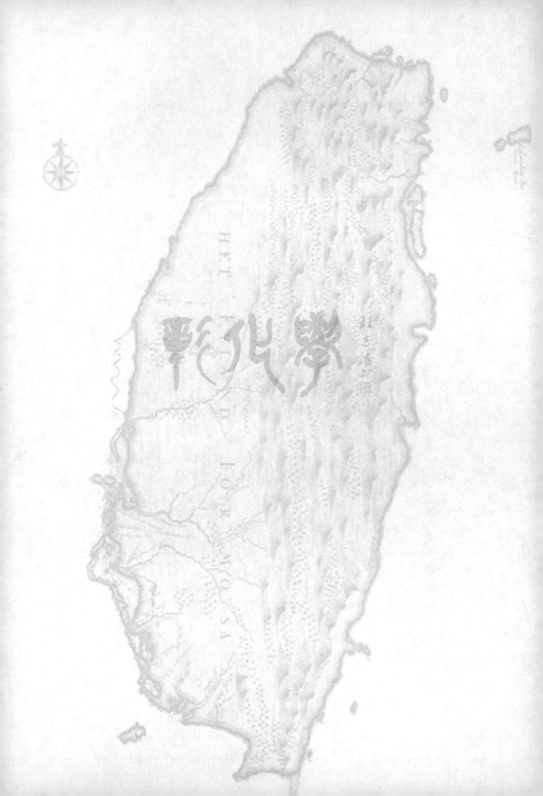

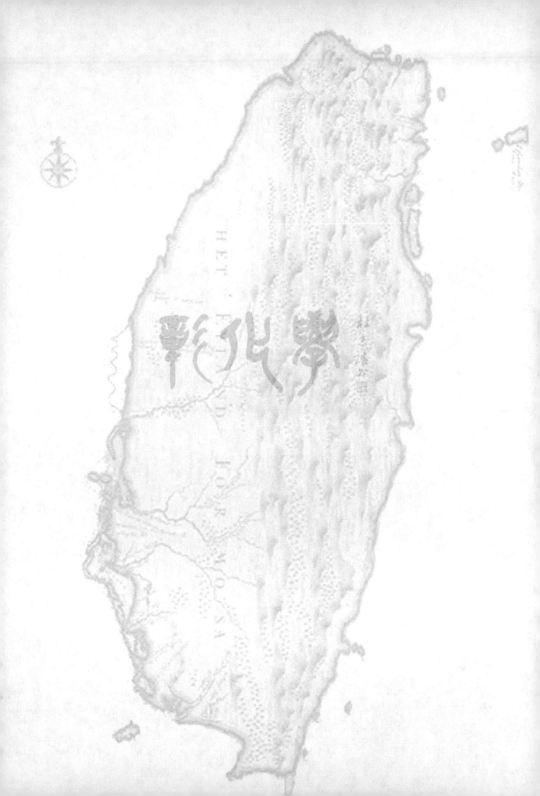